Alessandro Baricco

# La Jeune Épouse

*Traduit de l'italien
par Vincent Raynaud*

Gallimard

*Titre original :*

LA SPOSA GIOVANE

Écrivain, musicologue, auteur et interprète de textes pour le théâtre, Alessandro Baricco est né à Turin en 1958. Dès 1995, il a été distingué par le prix Médicis étranger pour son premier roman, *Châteaux de la colère*. Avec *Soie*, il s'est imposé comme l'un des grands écrivains de la nouvelle génération. Il collabore au quotidien *La Repubblica* et enseigne à la Scuola Holden, une école sur les techniques de la narration qu'il a fondée en 1994 avec des amis.

*À Samuele, Sebastiano et Barbara.*

*Merci.*

Il y a trente-six marches à gravir. Elles sont en pierre et le vieillard les gravit lentement, avec circonspection, comme s'il les collectait une par une, avant de les pousser au premier étage : lui, berger, et elles, doux animaux. Modesto, tel est son nom. Il officie dans cette maison depuis cinquante-neuf ans, il en est donc le prêtre.

Parvenu sur la dernière marche, il s'arrête face au large couloir qui s'étend sous ses yeux sans surprise : à droite, les pièces fermées des Maîtres, cinq ; à gauche, sept fenêtres étouffées par des volets en bois laqué.

C'est l'aube, tout juste.

Il s'arrête, le vieillard, car il a son chiffre à mettre à jour : il note le nombre de matins où il a ouvert cette maison, toujours de la même manière. Il ajoute une unité, qui va se perdre parmi des milliers d'autres. C'est une somme vertigineuse, mais ça ne le perturbe pas : accomplir depuis toujours le même rituel matinal lui paraît cohérent avec son métier, respectueux de ses inclinations et symptomatique de son destin.

Après avoir caressé de la paume des mains le tissu repassé de son pantalon — sur les hanches, à la hauteur de cuisses —, il pousse la tête d'un rien en avant et se remet en marche. Il ignore les portes des Maîtres, mais une fois arrivé à la première fenêtre sur sa gauche, il s'arrête et ouvre les volets. Il le fait avec des gestes délicats et précis, qu'il répète à chaque fenêtre, sept. Et c'est seulement alors qu'il se tourne, pour évaluer la lumière du jour dont les faisceaux traversent les vitres : il en connaît chaque nuance possible et, d'après sa consistance, il peut savoir ce que sera la journée, parfois il peut même y lire de vagues promesses. Et comme tout le monde lui fera confiance — tout le monde —, l'opinion qu'il se forge est importante.

Soleil voilé, brise légère, décide-t-il. Voilà ce qui s'annonce.

Il parcourt alors le couloir en sens inverse, en s'intéressant cette fois au mur qu'il a auparavant ignoré. Il ouvre l'une après l'autre les portes des Maîtres, et signale à haute voix le début de la journée, d'une phrase qu'il répète à cinq reprises sans changer de timbre ni d'inflexion.

*Bonjour. Soleil voilé, brise légère.*

Enfin il disparaît.

Il n'existe plus, jusqu'au moment où il réapparaît, inchangé, dans la salle des petits-déjeuners.

C'est d'événements passés dont on préfère pour le moment taire les détails que vient l'habitude de ce réveil solennel, qui devient ensuite festif et prolongé. Il concerne la maison entière. Jamais avant l'aube, c'est une règle stricte. Ils attendent la lumière et le ballet de Modesto aux sept fenêtres. C'est seulement alors qu'ils considèrent que la condamnation au lit, la cécité du sommeil et la loterie des rêves sont derrière eux. Morts qu'ils étaient, la voix du vieillard les ramène à la vie.

Puis ils se glissent hors des chambres, sans enfiler le moindre vêtement ni même s'offrir le bien-être d'un peu d'eau dans les mains et sur les yeux. Les odeurs du sommeil dans les cheveux et entre les dents, nous nous croisons dans les couloirs, dans l'escalier, sur le seuil des chambres, et nous nous enlaçons, tels des exilés qui rentrent de quelque terre lointaine, incrédules à l'idée d'avoir échappé à ce sortilège qu'est pour nous la nuit. Séparés par l'obligation du sommeil, nous nous reformons en tant que famille et confluons dans la grande salle des petits-déjeuners, au rez-de-chaussée, telle une rivière souterraine qui aurait jailli au grand jour et annoncerait la mer. Le plus souvent, nous le faisons en riant.

De fait, c'est une mer, la table dressée en vue des petits-déjeuners — un terme que nul n'a jamais songé à employer au singulier, quand seul le pluriel peut en restituer la richesse, l'abondance et la déraisonnable durée. La signification païenne de cette gratitude — la calamité à laquelle on a échappé : le sommeil — est évidente. Les imperceptibles glissades de Modesto et de deux autres domestiques veillent sur l'ensemble. Un jour normal, c'est-à-dire ni de carême ni de fête, le dispositif ordinaire prévoit : pain grillé, blanc et complet, boucles de beurre sur assiette d'argent, confiture aux neuf fruits, miel et crème de marrons, huit sortes de pâtisseries avec pour délice suprême un croissant inégalé, quatre gâteaux de couleurs différentes, une coupe de chantilly, des fruits de saison toujours coupés suivant une géométrie parfaitement symétrique, présentation de fruits exotiques rares, œufs du jour distribués en fonction du temps de cuisson, trois différents, fromages frais et un fromage anglais appelé Stilton, jambon de la ferme coupé en fines tranches, petits cubes de mortadelle, consommé de bœuf, fruits cuits dans du vin rouge, biscuits de maïs jaune dit *meliga*, pastilles digestives à l'anis, cerises de massepain, glace à la noisette, un pot de chocolat chaud, pralines suisses, réglisses, arachides, lait, café.

Le thé est honni, la camomille réservée aux malades.

Dès lors, on comprend qu'un repas que la plupart considèrent comme un rapide lancement de la journée puisse au contraire constituer dans cette maison une procédure complexe et interminable. La pratique habituelle exige qu'ils restent à table pendant des heures, au point d'empiéter sur le moment du déjeuner, qu'en effet on n'arrive jamais à prendre, dans cette maison, imitation indigène du brunch plus haut de gamme. C'est seulement un par un que certains se lèvent de temps en temps, avant de réapparaître en partie vêtus, ou lavés — et la vessie vide. Mais ce sont là des détails qu'on remarque à peine. Car dans cette grande tablée, il faut le préciser, figurent des visiteurs du jour, des parents, des connaissances, des postulants, des fournisseurs, d'éventuels personnages officiels, des hommes et des femmes d'Église, et chacun apporte son sujet. C'est l'usage de la Famille que de recevoir les gens là, dans le flux de ce torrentiel petit-déjeuner et en vertu d'un ostentatoire relâchement que personne, pas même eux, ne saurait distinguer de l'arrogance la plus grande, c'est-à-dire de le faire en pyjama. La fraîcheur du beurre et la légendaire cuisson parfaite des tartes invitent quoi qu'il en soit à la cordialité. Offert avec libéralité, le champagne conservé dans la glace suffit du reste à justifier la présence de bien des commensaux.

Il n'est donc pas rare de trouver des dizaines de personnes réunies autour de la table des petits-déjeuners, bien qu'on ne soit que cinq dans la famille, et même quatre, en réalité, depuis que le Fils vit sur l'Île.

Le Père, la Mère, la Fille, l'Oncle.

Temporairement à l'étranger, le Fils. Sur l'Île.

Enfin, ils se retirent dans leurs appartements vers trois heures de l'après-midi et en ressortent une demi-heure plus tard, resplendissants d'élégance et de fraîcheur, ainsi que tous le reconnaissent. Le cœur de l'après-midi, nous le

consacrons aux affaires — l'usine, les proprié-
tés, la maison. Le crépuscule, lui, est le moment
du travail solitaire — on médite, on invente, on
prie — ou des visites de courtoisie. Le dîner est
tardif et frugal, pris en rangs dispersés et sans
solennité : déjà il repose sous l'aile de la nuit, de
sorte que nous avons tendance à nous en débarrasser comme d'un préambule inutile. Puis, foin
de saluts, nous nous rendons au sommeil et à
l'inconnu, que chacun exorcise à sa manière.

Depuis cent treize ans, tous dans notre famille
sont morts nuitamment, faut-il préciser.

Voilà qui explique bien des choses.

Ce matin-là, le sujet de conversation privilégié
était l'intérêt des bains de mer, à propos desquels
monseigneur avançait des réserves, tout en ver-
sant dans sa bouche de généreuses cuillerées de
chantilly. Il y percevait quelque probable mystère
de type moral, qu'il n'osait toutefois pas définir
de manière exacte.

Le Père, un homme débonnaire mais aussi
féroce, à l'occasion, l'aidait à préciser les
contours de la question.

Monseigneur, ayez la bonté de me rappeler où
les Évangiles en parlent, au juste.

À la réponse, du reste évasive, fit écho la
cloche de l'entrée, qui ne reçut qu'une attention mesurée, car cette visite succédait bien sûr à
beaucoup d'autres.

Modesto s'en chargea. Lorsqu'il ouvrit, il
trouva devant lui la Jeune Épouse.

Elle n'était pas attendue ce jour-là, ou peut-être que si, mais tous l'avaient oubliée.

Je suis la Jeune Épouse, annonçai-je.

Vous, fit observer Modesto. Puis, stupéfait, il regarda autour de lui, car il n'était pas pensable que je fusse venue seule. Pourtant, aussi loin que l'œil pouvait voir, il n'y avait personne d'autre.

Ils m'ont déposée au début de l'allée, expliquai-je, j'avais envie de compter mes pas tranquillement. Et je posai ma valise au sol.

J'avais, comme il avait été convenu, dix-huit ans.

Vraiment, je n'aurais aucun problème à me montrer nue sur la plage, affirmait pendant ce temps la Mère, j'ai toujours eu un certain penchant pour la montagne (car nombre de ses raisonnements étaient plutôt sibyllins). Je pourrais citer au moins une dizaine de personnes que j'ai vues nues, et je ne parle pas des enfants ou des moribonds, pour qui j'ai une certaine compréhension de fond, même si…

Quand la Jeune Épouse entra dans la pièce, elle s'interrompit, moins parce que la Jeune Épouse était entrée dans la pièce que parce qu'elle avait été annoncée par une alarmante quinte de toux de Modesto. Peut-être n'ai-je pas précisé qu'en cinquante-neuf ans de service, le vieillard avait mis au point un système de communication laryngé que toute la Famille avait appris à déchiffrer comme s'il s'était agi d'une écriture cunéiforme. Sans devoir recourir à la violence des mots, une quinte de toux — plus rarement deux, pour des informations complexes — accompagnait ses gestes tel un suffixe qui en éclaircissait la signification. À table, par exemple, il ne servait jamais une assiette sans ajouter un commentaire de l'épiglotte, chargée de transmettre son très personnel jugement. En l'occurrence, il introduisit la Jeune Épouse d'un sifflement à peine esquissé et lointain. Tous le savaient, il indiquait un niveau de vigilance particulièrement élevé, et c'est pour cette raison que la Mère s'interrompit, contrairement à ses habitudes, car pour elle, dans une situation normale, qu'on lui annonçât une nouvelle visite ou qu'on lui versât un verre d'eau revenait sensiblement au même — elle le boirait calmement plus tard. Elle s'interrompit donc et se tourna vers la nouvelle venue. Elle prit note de son âge tendre et, mue par un automatisme de classe, s'exclama :

Mon ange !

Elle ignorait complètement de qui il pouvait bien s'agir.

Puis un soupirail dut s'ouvrir dans son esprit traditionnellement désordonné, car elle demanda :

Quel mois sommes-nous aujourd'hui ?

Mai, répondit quelqu'un, sans doute le pharmacien, que le champagne avait rendu inhabituellement précis.

Mon ange ! répéta alors la Mère, cette fois en connaissance de cause.

C'est incroyable comme le mois de mai est arrivé vite, cette année, songeait-elle.

La Jeune Épouse esquissa une révérence.

Ils avaient oublié, voilà tout. On s'était mis d'accord jusque dans les moindres détails, mais depuis si longtemps qu'on en avait perdu le souvenir exact. Il n'y avait pas lieu d'en déduire qu'ils avaient changé d'avis, non, car c'eût été bien trop fatigant. Dans cette maison, lorsqu'une décision était prise, on ne revenait jamais dessus, car il fallait avant tout épargner ses émotions. Simplement, le temps avait passé à une vitesse qu'ils n'avaient eu nul besoin de mesurer et, à présent, la Jeune Épouse était là, sans doute pour faire ce sur quoi on s'était mis d'accord il y avait longtemps, avec l'accord officiel de tous : épouser le Fils.

Mais il était déplaisant de devoir admettre que, si l'on s'en tenait aux faits, le Fils manquait à l'appel.

Toutefois, il ne parut pas urgent de s'attarder sur ce point, et l'on choisit au contraire de se lancer dans un joyeux concert de bienvenue, veiné de surprise, de soulagement ou de gratitude selon les cas, cette dernière adressée aux choses de la vie et à leur cheminement, qui semblaient n'avoir que faire de l'humaine étourderie.

Puisque j'ai désormais commencé à raconter cette histoire (et ce malgré la troublante suite de péripéties qui m'ont affecté et qui décourageraient quiconque de se lancer dans pareille entreprise), je ne puis éviter d'éclairer la géométrie des faits, ainsi que je me la remémore peu à peu, en notant par exemple que le Fils et la Jeune Épouse s'étaient rencontrés alors qu'elle avait quinze ans et lui dix-huit, finissant progressivement par reconnaître l'un chez l'autre un somptueux remède aux indécisions du cœur et à l'ennui de la jeunesse. Dans l'immédiat, il est prématuré de révéler à l'issue de quel singulier parcours, mais il importe de mentionner dès maintenant qu'assez vite ils arrivèrent à l'heureuse conclusion de vouloir se marier. La chose fut incompréhensible aux yeux de leurs familles respectives, pour des raisons que j'aurai peut-être l'occasion d'exposer, si cet étau de tristesse veut bien se desserrer. Mais la personnalité insolite du Fils, que j'aurai tôt ou tard la force de décrire, et la détermination cristalline de la Jeune Épouse, que j'aimerais avoir assez de lucidité pour évoquer, invitèrent à une certaine prudence. On convint qu'il valait mieux débuter par une première esquisse, puis on s'occupa de dénouer divers problèmes techniques, à commencer par l'alignement des positions sociales respectives, qui n'était pas absolument parfait. On rappellera que la Jeune Épouse était le seul enfant de genre féminin d'un riche éleveur qui, des mâles, en avait bien cinq, tandis que le Fils appartenait à une famille qui engrangeait depuis trois générations les bénéfices tirés de la production et du commerce de laines et de tissus d'une certaine valeur. L'argent ne manquait donc ni d'un côté ni de l'autre, mais c'étaient indiscutablement deux sortes de revenus différentes, d'une part celui qui venait des métiers à tisser et des élégances traditionnelles, et, de l'autre, celui du fumier et de fatigues ancestrales. Tout ceci forma une clairière de placide indécision qui fut bientôt traversée avec fougue, quand le Père annonça de façon solennelle que le mariage entre la richesse agraire et la finance industrielle était, pour les entrepreneurs du Nord, une étape naturelle de leur développement, ouvrant par là même une voie de transformation idéale pour tout le pays. Il en déduisait en outre la nécessité de dépasser des schémas sociaux qui appartenaient désormais à un autre temps. Dans la mesure où il formula la chose en ces termes exacts et assaisonna son propos d'une paire de jurons artistement placés, tous jugèrent satisfaisante son argumentation, qui mêlait une imparable rationalité et un solide instinct. Nous décidâmes seulement d'attendre que la Jeune Épouse fût devenue un peu moins jeune : en effet, il s'agissait d'éviter de possibles comparaisons entre un mariage si bien pesé et certaines unions paysannes, hâtives et vaguement animales. En plus d'être assurément confortable, cette attente nous parut consacrer une authentique supériorité morale. Oubliant les jurons, le clergé local ne tarda guère à donner sa bénédiction.

Ils se marieraient donc.

Puisque j'y suis, et comme je me sens ce soir empli d'une incompréhensible légèreté, peut-être favorisée par la lumière souffrante de cette chambre qu'on m'a prêtée, je crois devoir ajouter quelques mots à propos de ce qui se passa peu après l'annonce des fiançailles, à l'initiative pour le moins étonnante du père de la Jeune Épouse. C'était un homme taciturne, peut-être bon, à sa manière, mais aussi fantasque, imprévisible, comme si la trop grande proximité de certaines bêtes de somme avait encouragé chez lui semblables coups de tête inoffensifs. Un jour, en quelques phrases sèches, il affirma s'être décidé : il viserait l'apothéose définitive de ses affaires, qu'il transporterait en Argentine, à la conquête d'espaces et de marchés dont il avait étudié la moindre des spécificités, au cours de longues soirées d'hiver harcelées de brouillard et parfaitement souillées de merde. Quelque peu troublés, les gens qui le connaissaient se persuadèrent que la récente froideur du lit conjugal ne pouvait être étrangère à une telle détermination, de même qu'une certaine illusion de jeunesse tardive et, sans doute, un désir enfantin d'horizons infinis. Il traversa l'océan avec trois de ses fils, par nécessité, et avec la Jeune Épouse en guise de consolation, laissant sa femme et leurs autres enfants veiller sur ses terres, et il se promit de les faire venir dès que la situation se présenterait sous un jour favorable, ce qu'il fit effectivement au bout d'un an, allant jusqu'à vendre tous ses biens au pays pour miser la totalité de son patrimoine à la table de jeu de la pampa. Néanmoins, avant de partir, il rendit visite au Père du Fils et lui jura sur l'honneur que la Jeune Épouse se présenterait chez eux le jour de ses dix-huit ans conformément à ses vœux de mariage. Les deux hommes se serrèrent la main, un geste sacré dans ces contrées.

Quant aux fiancés, ils se saluèrent, en apparence tranquilles et secrètement déroutés. Ils avaient, je dois dire, d'excellentes raisons de l'être l'un et l'autre.

Lorsque les éleveurs eurent pris le large, le Père passa quelques jours dans un silence inhabituel de sa part, négligeant ses affaires et renonçant à des habitudes qu'il jugeait pourtant vitales. Certaines de ses décisions les plus marquantes étaient consécutives à de telles suspensions de sa présence, si bien que toute la Famille s'était résignée à l'annonce imminente de grandes nouveautés, quand pour finir le Père se prononça, de façon aussi brève que limpide. Il dit que tout le monde avait son Argentine et que pour eux, champions de l'industrie textile, l'Argentine se nommait Angleterre. En effet, cela faisait un moment déjà qu'on surveillait certaines usines d'outre-Manche qui avaient optimisé de manière étonnante leur processus de production : entre les lignes, on lisait des profits à donner le vertige. Il fallait aller sur place, dit le Père, et le cas échéant copier. Puis il s'adressa au Fils.

Tu iras, maintenant que tu es casé, lui ordonna-t-il, non sans tricher un peu sur les termes de la question.

C'est ainsi que le Fils était parti, d'ailleurs heureux de le faire, avec pour mission d'étudier les secrets anglais et de rapporter ce qui servirait au mieux la prospérité familiale. Nul ne s'attendait à ce qu'il revînt au bout de quelques semaines, puis nul ne remarqua qu'au bout de quelques mois il n'était pas encore rentré. Ils étaient ainsi faits : ils ignoraient la succession des jours, car ils visaient à n'en vivre qu'un, parfait et répété à l'infini. Pour eux, le temps était donc un phénomène aux contours flous, qui résonnait dans leur vie telle une langue étrangère.

Chaque matin, le Fils envoyait d'Angleterre un télégramme au contenu immuable : *Tout va bien.* Il faisait naturellement référence au piège de la nuit. C'était, à la maison, la seule information que nous désirions vraiment recevoir : pour le reste, il eût été bien trop fatigant de supposer qu'au cours de cette absence prolongée le Fils se fût consacré à autre chose qu'à son devoir, agrémenté tout au plus de quelque innocent et enviable divertissement. À l'évidence, les usines anglaises étaient nombreuses et exigeaient des analyses approfondies. Nous cessâmes d'en parler. Il finirait bien par réapparaître.

Mais la Jeune Épouse réapparut avant lui.

Montre-toi, lui ordonna la Mère, radieuse, quand la tablée eut retrouvé son calme.

Ils l'examinèrent tous.

Ils percevaient chez elle une nuance nouvelle qu'ils n'auraient su définir.

S'extirpant du sommeil dans lequel il était

plongé depuis un certain temps, allongé dans un fauteuil, une flûte à champagne pleine à ras bord serrée entre ses doigts, l'Oncle y parvint.

Nul doute que là-bas, vous avez beaucoup dansé. Je m'en félicite.

Puis il avala une gorgée de champagne et se rendormit.

Au sein de la Famille, l'Oncle était une figure appréciée et par ailleurs irremplaçable. Un mystérieux syndrome, dont il était le seul malade connu, le maintenait cloîtré dans un sommeil perpétuel, d'où il ne sortait que pour prononcer de très courtes phases, à seule fin de prendre part à la conversation, avec une pertinence que nous étions désormais tous habitués à trouver normale et qui, bien sûr, était bien au contraire illogique. Quelque chose en lui était en mesure d'enregistrer jusque dans son sommeil chaque événement et chaque mot. Mieux : venir de loin semblait fréquemment lui permettre d'avoir une telle lucidité, ou un regard si lucide sur les choses, que ses réveils et les déclarations qui les ponctuaient prenaient une résonance prophétique, digne d'un oracle ou peu s'en fallait. La chose nous rassurait beaucoup, car nous savions que nous avions à tout moment en réserve un esprit si reposé qu'il pouvait dénouer comme par enchantement n'importe quel nœud qui se présenterait parmi les réflexions domestiques ou la vie quotidienne. De plus, nous n'étions pas mécontents d'observer la stupeur des étrangers devant ces prouesses singulières, un élément qui donnait à notre maison un peu d'attrait supplémentaire. En retournant à leurs familles, il n'était pas rare que nos invités rapportassent le souvenir légendaire de cet homme qui pouvait, en dormant, se figer dans des postures complexes, dont la flûte à champagne pleine à ras bord qu'il serrait entre ses doigts ne constituait qu'un pâle exemple. Dans son sommeil, il pouvait aussi se raser et, plus d'une fois, on l'avait vu dormir en jouant du piano, certes en détachant les notes et à un rythme légèrement ralenti. Ne manquaient pas ceux qui affirmaient l'avoir vu jouer au tennis complètement assoupi, et il semble qu'il ne se fût redressé qu'aux changements de côté. Si je le signale, c'est par souci de précision, mais aussi parce qu'il m'a semblé entrevoir aujourd'hui un début de cohérence dans tout ce qui m'arrive, et donc, depuis quelques heures, j'arrive sans peine à percevoir des sons qui demeurent le plus souvent inaudibles dans l'étreinte du doute : par exemple le tintement de la vie, parfois, sur la table en marbre du temps, telles des perles qu'on ferait tomber. Ce que les vivants ont de cocasse — cette circonstance particulière.

C'est cela, oui, confirma la Mère, vous avez dû beaucoup danser, je ne saurais mieux dire. Et d'ailleurs, je n'ai jamais aimé les tartes aux fruits (car nombre de ses raisonnements étaient plutôt sibyllins).

Des tangos ? demanda avec gêne le notaire Bertini, pour qui prononcer le mot *tango* était déjà de l'ordre du sexuel.

Tangos ? Argentine ? Avec ce climat ? s'enquit la Mère, nul ne sut auprès de qui.

Je puis vous assurer que le tango est d'origine indiscutablement argentine, s'obstina le notaire.

C'est alors qu'on entendit la voix de la Jeune Épouse.

J'ai vécu trois ans dans la pampa. Notre voisin le plus proche était à deux jours de cheval. Un prêtre venait nous donner l'eucharistie une fois par mois. Et, une fois par an, nous prenions la route de Buenos Aires afin d'assister à l'ouverture de la saison lyrique. Mais pas une fois nous ne sommes arrivés à temps à l'Opéra. C'était toujours plus loin que nous ne le croyions.

Ce n'est guère pratique, fit observer la Mère. Comment ton père pensait-il te trouver un mari, dans tout ça ?

Quelqu'un lui fit remarquer que la Jeune Épouse était fiancée au Fils.

Naturellement. Pensiez-vous que je l'ignorais ? C'était un commentaire d'ordre général.

Mais c'est vrai, reprit la Jeune Épouse. Là-bas, ils dansent le tango. C'est magnifique, ajouta-t-elle.

On perçut la mystérieuse oscillation de l'espace qui annonçait toujours les imprévisibles réveils de l'Oncle.

Le tango offre un passé à ceux qui n'en ont pas et un futur à ceux qui n'en espèrent pas, dit-il. Puis il se rendormit.

Pendant ce temps, assise à côté du Père, la Fille observait en silence.

Elle avait le même âge que la Jeune Épouse, un âge que je n'ai plus depuis un bon bout de temps, soit dit en passant. (Quand j'y repense maintenant, je ne vois qu'une grande confusion, mais aussi le gâchis d'une beauté jamais vue et jamais utilisée, ce qui me paraît intéressant. Et me ramène à l'histoire que je voudrais raconter, ne serait-ce que pour avoir la vie sauve, mais sans doute aussi pour la bonne et simple raison que c'est mon métier de le faire.) La Fille, disais-je. Elle avait hérité de la Mère une beauté qui, dans cette région, passait pour aristocratique : car les femmes de cette terre avaient droit à des éclats de splendeur circonscrits — la forme des yeux, deux jambes solides, le noir de jais des cheveux —, mais jamais à cette perfection complète, digne d'un cercle, qui est le fruit manifeste de progrès séculaires apparus au fil d'innombrables générations, que la Mère conservait encore à ce jour et qu'elle, la Fille, imitait miraculeusement, qui plus est sous les dorures d'un âge heureux. Et jusque-là, fort bien. Mais la vérité apparaît dans toute son évidence dès que je romps mon élégante immobilité et que je bouge, déplaçant d'irrémédiables volumes d'infélicité, pour la simple et indissoluble raison que je suis handicapée. Un accident, j'avais quelque chose comme huit ans. Un chariot qu'on laisse filer, un cheval qui s'emballe soudain, en ville, dans une rue étroite entre des habitations. Les excellents médecins convoqués de l'étranger avaient fait le reste, pas même par incompétence, peut-être par malchance, mais quoi qu'il en soit de façon compliquée et, surtout, douloureuse. À présent, je marche en traînant la patte, la droite, qui est certes dessinée à la perfection, mais semble lestée d'un poids déraisonnable et ignore tout à fait comment vivre en harmonie avec le reste du corps. Le pied se pose lourdement, plus ou moins mort. Le bras non plus n'est pas normal et n'a l'air de connaître que trois positions, du reste peu élégantes. On dirait un bras mécanique. Par conséquent, me voir me lever d'une chaise puis avancer, pour un salut ou un geste de courtoisie, est une expérience insolite, dont le terme *désillusion* peut donner une vague idée. Plus belle qu'on ne saurait le dire, je me décompose au moindre mouvement, ce qui inverse en l'espace d'une seconde toute admiration en pitié et tout désir en malaise.

C'est une chose que je sais. Mais je n'ai pas de goût pour la tristesse ni de talent pour la douleur.

Alors que la conversation était passée à la floraison tardive des cerisiers, la Jeune Épouse s'approcha de la Fille et se pencha pour l'embrasser sur les joues. Celle-ci ne se leva pas, car en pareil moment elle tenait à être belle. Elles parlèrent à mi-voix, comme si elles étaient de vieilles amies, ou peut-être mues par une brusque envie de le devenir. D'instinct, la Fille comprit que la Jeune

Épouse avait appris la distance et ne s'en dépa-
rerait jamais plus, car elle l'avait choisie comme
sa forme personnelle et inimitable d'élégance.
Elle restera ingénue et mystérieuse, songea-t-elle,
toujours. Et ils l'adoreront.

Puis, tandis qu'on commençait à emporter
les premières bouteilles de champagne vides,
la conversation eut une seconde de suspension
générale, presque magique et, dans ce silence,
la Jeune Épouse demanda gracieusement si elle
pouvait poser une question.

Mais bien sûr, mon ange.

Le Fils n'est-il pas là?

Le Fils? répondit la Mère, pour donner à
l'Oncle le temps de sortir de son ailleurs et de
lui venir en aide. Mais comme il ne se passait
rien, elle reprit : Ah, le Fils, évidemment. Mon
Fils, n'est-ce pas? C'est une bonne question. Puis
elle se tourna vers le Père. Très cher?

En Angleterre, annonça le Père avec une sérénité absolue. Avez-vous une idée de ce qu'est
l'Angleterre, mademoiselle?

Je crois, oui.

Bien. Le Fils est en Angleterre. Mais de façon
tout à fait provisoire.

Cela signifie-t-il qu'il reviendra?

Sans nul doute. Dès que nous le rappellerons.

Et le rappellerez-vous?

C'est assurément une chose que nous devons
faire au plus vite.

Aujourd'hui même, arrêta la Mère, en se fendant du sourire spécial qu'elle gardait pour les grandes occasions.

Ainsi, dans l'après-midi — non sans avoir préalablement conclu la liturgie des petits-déjeuners —, le Père s'assit à son bureau et accepta d'enregistrer ce qui venait d'arriver. D'ordinaire, c'est un geste qu'il faisait avec un certain retard — je veux parler de celui qui consiste à enregistrer les faits survenus, en particulier ceux qui étaient source de désordre —, mais je ne voudrais pas qu'on interprète cela comme une forme d'inefficacité engourdie. C'était, en réalité, une marque de lucidité et de prudence, une réaction de type médical. Comme nul ne l'ignorait, le Père était né avec ce qu'il aimait à appeler « une inexactitude de cœur », une formule qu'on aurait tort de limiter à son acception sentimentale : quelque chose d'irréparable s'était fissuré dans son muscle cardiaque alors qu'il n'était encore qu'une hypothèse en devenir dans le ventre maternel, et il était donc né avec un cœur en verre, que les médecins d'abord, puis lui-même, avaient fini par accepter, résignés. Il n'existait pas de thérapie, seulement une manière précautionneuse et ralentie de côtoyer le monde. À en croire les manuels de médecine, un soubresaut particulier ou une émotion non préparée auraient pu l'emporter en un instant. Toutefois, le Père savait par expérience qu'il ne fallait pas prendre la chose au pied de la lettre. Il avait compris qu'il était prêté à la vie et en avait déduit cette habitude de prudence, le goût de l'ordre et la certitude confuse d'habiter un destin hors norme. C'est de là que viennent sa nature débonnaire et son occasionnelle férocité. Je souhaite ajouter qu'il ne craignait pas la mort : il avait une telle proximité avec elle, une telle intimité, presque, qu'il le savait sans le moindre doute possible : il l'entendrait approcher suffisamment à l'avance pour bien s'en servir.

Donc, ce jour-là, il ne se hâta pas plus que cela d'enregistrer l'arrivée de la Jeune Épouse. Mais une fois qu'il eut liquidé les obligations habituelles, il ne recula pas devant la tâche qui l'attendait : il se pencha sur son bureau et, sans hésitation, rédigea le texte du télégramme, qu'il conçut dans le respect des exigences élémentaires de sobriété et dans le but d'atteindre l'imparable clarté qui paraissait nécessaire. Le télégramme portait ces mots :

*Jeune Épouse de retour. Faire vite.*

De son côté, la Mère décida qu'il n'y avait pas lieu de discuter : ne disposant d'aucun logement à elle et, d'une certaine façon, d'aucune famille non plus, depuis que tous ses biens et parents étaient partis pour l'Amérique du Sud, la Jeune Épouse attendrait chez eux. Et comme monseigneur ne parut avancer aucune objection de type moral, le Fils étant loin du domicile familial, on demanda à Modesto de préparer la chambre des invités, dont on ignorait du reste tout ou presque, car elle n'accueillait jamais personne. Quoi qu'il en soit, ils étaient relativement sûrs qu'elle existait. Aux dernières nouvelles, du moins.

Elle n'aura besoin d'aucune chambre des invités, annonça paisiblement la Fille. Elle dormira avec moi. Tandis qu'elle prononçait ces mots, elle resta assise et, dans ce genre de posture, sa beauté était de celles à qui on n'adresse pas la moindre objection.

Si la chose vous agrée, naturellement, ajouta la Fille en cherchant le regard de la Jeune Épouse.

Elle m'agrée, répondit la Jeune Épouse.

Elle devint donc un membre de la Maison et, là où elle avait imaginé entrer comme épouse, elle se retrouva sœur, fille, invitée, présence appréciée et objet décoratif. Cela lui vint très naturellement, et bientôt, elle adopta les habitudes et les rythmes d'un mode de vie qu'elle ne connaissait pas. Elle en mesurait l'étrangeté, mais n'arrivait que rarement à en soupçonner l'absurdité. Quelques jours après son entrée en ces lieux, Modesto vint à elle et lui fit respectueusement comprendre que si elle éprouvait un quelconque besoin de clarification, ce serait un privilège pour lui que de le satisfaire.

Y a-t-il des règles qui m'ont échappé? demanda la Jeune Épouse.

Si vous m'y autorisez, je n'en mentionnerai que quatre, histoire de ne pas courir trop de lièvres à la fois, dit-il.

Soit.

La nuit est crainte, je pense qu'on vous l'a déjà signalé.

Oui, bien sûr. Je croyais que c'était une légende, puis j'ai compris que ce n'en était pas une.

Exactement. C'est donc la première.

Craindre la nuit.

La respecter, disons.

La respecter.

Oui. La deuxième : l'infélicité n'est pas la bienvenue.

Ah non ?

Ne vous méprenez pas, la chose doit être replacée dans un contexte approprié.

C'est-à-dire ?

En l'espace de trois générations, la Famille a accumulé une fortune considérable, et si d'aventure vous deviez vous demander comment elle a pu obtenir un tel résultat, qu'il me soit permis de vous suggérer une réponse : talent, courage, méchanceté, erreurs chanceuses, ainsi qu'un sens profond, cohérent et indéfectible de l'économie. Quand je parle d'économie, je ne parle pas que d'argent. Cette famille ne gaspille rien. Vous me suivez ?

Bien sûr.

Voyez-vous, dans cette maison on estime que l'infélicité est une perte de temps et donc une forme de luxe que personne ne pourra encore s'offrir avant un certain nombre d'années. Un jour, peut-être. Mais dans l'immédiat, on ne laissera aucune circonstance de la vie, pas même la plus pénible, voler aux âmes plus d'un bref moment d'égarement. L'infélicité vole du temps à la joie et c'est dans la joie qu'on forge la prospérité. Si vous y réfléchissez un peu, vous verrez que c'est très simple.

Puis-je élever une objection?

Faites.

S'ils tiennent tant à économiser, quel sens ont ces petits-déjeuners?

Ce ne sont pas des petits-déjeuners. Ce sont des rituels de remerciement.

Ah.

Et puis j'ai parlé de sens de l'économie, pas d'avarice. C'est là un trait de caractère tout à fait étranger à la Famille.

J'ai compris.

J'en suis certain. Ce sont des nuances que vous êtes assurément en mesure de saisir.

Merci.

Je me permettrai d'attirer votre attention sur une troisième règle, si je puis encore abuser de votre disponibilité.

Abusez. Si ça ne dépendait que de moi, je passerais des heures à vous écouter.

Lisez-vous des livres?

Oui.

Ne le faites plus.

Non?

Voyez-vous des livres dans cette maison?

Non, en effet. À présent que vous me le faites remarquer, non.

Exact. Il n'y a pas de livres.

Pourquoi?

Chacun dans la Famille se fie entièrement aux choses, aux personnes et à soi-même. Nul ne voit la nécessité de recourir à des palliatifs.

Je crains de ne pas vous suivre.

Tout est déjà dans la vie, si l'on prend la peine de l'écouter, et les livres nous distraient inutilement de cette tâche, à laquelle tous se consacrent avec une sollicitude telle, dans cette maison, qu'un homme plongé dans la lecture ne manquerait pas d'apparaître en ces lieux comme un déserteur.

Étonnant.

Discutable, reconnaissons-le. Mais il me semble opportun de souligner que cette règle tacite est appliquée dans cette maison avec la plus grande rigueur. Puis-je vous faire une modeste confession?

J'en serais honorée.

J'aime lire. Je conserve donc un livre soigneusement caché dans ma chambre et, avant de m'endormir, je consacre un peu de temps à la lecture. Mais jamais plus d'un ouvrage à la fois. Quand je l'ai terminé, je le détruis. Ce n'est pas pour vous inviter à faire de même, c'est pour vous faire comprendre à quel point la question est sérieuse.

Je pense l'avoir compris, oui.

Bien.

Y a-t-il une quatrième règle?

Oui, mais ce n'est guère plus qu'une évidence.

Dites-moi.

Comme vous le savez, le Père porte dans son cœur une inexactitude.

Bien sûr.

N'attendez pas de lui qu'il s'éloigne d'une indispensable et générale placidité. Vous ne devez pas l'exiger, à l'évidence.

À l'évidence. Risque-t-il vraiment, comme on le dit, de mourir à tout moment ?

Je crains que oui. Mais gardez à l'esprit le fait que, durant les heures du jour, il ne peut quasiment rien lui arriver.

Ah, bon.

Bien. Je crois que c'est tout, pour l'heure. Non, encore une chose.

Modesto hésita. Il se demandait s'il était indispensable de procéder à l'alphabétisation de la Jeune Épouse ou s'il s'agissait d'un effort inutile, voire d'un geste imprudent. Il resta quelques instants silencieux, puis il eut deux petits accès de toux, plutôt secs et rapprochés.

Pensez-vous pouvoir mémoriser ce que vous venez d'entendre ?

Les accès de toux ?

Ce ne sont pas des accès de toux, c'est un avertissement. Ayez la bonté de les considérer comme une manière respectueuse de vous mettre en garde contre de possibles erreurs.

Répétez un peu…

Modesto récita alors une seconde version, parfaitement identique à la première, du message laryngé.

Deux coups secs, rapprochés, j'ai compris. Faire attention.

C'est cela.

Y en a-t-il beaucoup d'autres ?

Plus que je ne suis prêt à vous en révéler avant le mariage, Mademoiselle.

Je vois.

À présent, le devoir m'appelle.

Vous m'avez été très utile, Modesto.

C'était ce que j'espérais pouvoir faire.

Puis-je vous rendre la pareille de quelque façon ?

Le vieillard leva les yeux vers elle. L'espace d'un instant, il se sentit capable de formuler une des demandes enfantines qui lui étaient instantanément venues à l'esprit, puis il se rappela combien la distance exprimait l'humilité et la grandeur de son office, et il baissa donc les yeux. Esquissant une courbette presque imperceptible, il se limita à répondre que l'occasion s'en présenterait sans nul doute, s'éloigna, et fit les premiers pas à reculons. Puis il pivota sur lui-même, comme si un coup de vent et non un choix inopportun lui avait dicté ce mouvement — une technique dont il était passé maître.

Mais il y avait aussi *les jours différents*, bien sûr.

Un jeudi sur deux, par exemple, le Père se rendait de bon matin à la ville : souvent accompagné par son cardiologue de confiance, le Dr Acerbi, il était reçu à la banque, passait chez ses fournisseurs attitrés — tailleur, barbier, dentiste, mais aussi d'autres commerçants : cigares, chaussures, chapeaux, cannes et, épisodiquement, confesseur —, au moment opportun il glissait un déjeuner notoire et, pour finir, s'offrait ce qu'il avait coutume d'appeler une promenade élégante. L'élégance tenait au pas adopté et au trajet suivi : le premier jamais traînant, le second dans les rues du centre historique. Il concluait presque systématiquement la journée au bordel, mais compte tenu de son inexactitude de cœur, il réinterprétait la chose sous la forme d'une procédure pour ainsi dire hygiénique. Convaincu qu'un certain épanchement des humeurs était nécessaire à l'équilibre de son organisme, il avait trouvé parmi les disponibilités de cette maison une personne qui savait le provoquer de manière quasiment indolore, si l'on entend par douleur toute excitation susceptible de fissurer le verre de son muscle cardiaque. Prétendre de la Mère pareille prudence eût été vain, du reste ils faisaient chambre à part, car, s'ils s'aimaient profondément, ils ne s'étaient pas choisis, ainsi qu'on le verra, pour des motifs liés à leurs corps. Le Père quittait le bordel en fin d'après-midi et prenait alors le chemin du retour. Ce faisant, il réfléchissait, et c'est souvent alors qu'il prenait ses décisions les plus féroces.

Chaque mois, mais pas le même jour, annoncé quarante-huit heures à l'avance par un télégramme, le sieur Comandini, responsable commercial de l'entreprise, faisait son apparition. Dès lors, toute habitude était sacrifiée à l'urgence des affaires, les invitations suspendues, le petit-déjeuner réduit au strict nécessaire, et la vie de la Maison était livrée aux affabulations torrentielles de ce petit bonhomme aux gestes nerveux, qui devinait, en suivant des itinéraires insondables, ce que les gens aimeraient porter l'année d'après ou comment faire pour qu'ils désirassent précisément les tissus que le Père avait décidé de produire l'année d'avant. Il se trompait rarement, pouvait négocier en sept langues, dilapidait tout au jeu et avait un goût prononcé pour les rousses, comprenez les femmes. Des années plus tôt, il était sorti indemne d'une terrible catastrophe ferroviaire : depuis, il avait cessé de manger de la viande blanche et de jouer aux échecs, sans donner d'explications.

Durant le Carême, la dimension spectaculaire des petits-déjeuners s'amenuisait quelque peu, les jours de fête on s'habillait de blanc et la nuit du saint patron, qui tombait en juin, était ignorée et consacrée aux jeux de hasard. Le premier samedi du mois, on faisait de la musique, on réunissait quelques amateurs des environs et, plus rarement, des chanteurs de qualité, ensuite récompensés par des vestes en tweed anglaises. Le dernier jour de l'été, l'Oncle organisait une course à bicyclette ouverte à tous, tandis qu'à Carnaval on engageait depuis des années un magicien hongrois qui, avec l'âge, était devenu un amuseur débonnaire et guère plus que cela. Le jour de l'Immaculée Conception, on tuait le cochon sous la surveillance d'un boucher célèbre pour son bégaiement et, en novembre, les années où le brouillard devenait si épais que sa densité en était vexante, on donnait un bal plutôt solennel, décision généralement soudaine et dictée par l'exaspération, un événement au cours duquel, par mépris pour le blanc laiteux qui régnait dehors, on veillait à brûler un nombre de bougies à tous égards stupéfiant : comme si le soleil tremblant d'une fin d'après-midi estival battait sur le parquet du salon, appelant des pas de danse qui ramenaient tous à un certain sud de l'âme.

Quant à eux, les jours normaux étaient effectivement, comme on l'a signalé, si l'on s'en tient à la réalité des faits et pour dire les choses de façon synthétique, tous merveilleusement identiques.

Il en découlait une sorte d'ordre dynamique qu'en famille on jugeait impeccable.

Entre-temps, on avait glissé jusqu'en juin, sur les télégrammes anglais qui repoussaient le retour du Fils de façon presque imperceptible mais logique, raisonnables et précis qu'ils étaient. Avant qu'il n'arrive, on se retrouva en pleines Grosses Chaleurs — étouffantes, impitoyables et, sur ces terres, chaque été ponctuelles —, et la Jeune Épouse les sentit peser sur elle comme jamais, lui semblait-il, dans ses années argentines ; et, une nuit, tandis qu'elle se retournait dans son lit, pour une fois incapable de s'endormir, elle qui entrait toujours dans le sommeil comme dans une béatitude, seule de toute la maison, elle les reconnut enfin avec une parfaite certitude, dans la pénombre grasse d'humidité. Elle se retournait et, d'un geste qui la surprit, retira nerveusement sa chemise de nuit qu'elle laissa tomber au hasard, puis, se mettant sur le côté, sa peau nue sur les draps de lin, elle reçut l'offrande d'une fraîcheur momentanée. Je le fis spontanément, car dans la chambre l'obscurité était profonde, et sur son lit, à quelques pas de distance, la Fille était une compagne à laquelle me liait à présent l'intimité de deux sœurs. D'ordinaire, une fois la lumière éteinte, nous échangions quelques phrases, nous évoquions quelque secret, puis nous nous souhaitions bonne nuit avant d'entrer dans le sommeil. Mais maintenant, pour la première fois, je me demandais ce qu'était cette sorte de petit chant arrondi qui montait chaque soir du lit de la Fille, une fois la lumière éteinte, les secrets épuisés et les saluts échangés — il montait et oscillait dans l'air si longtemps que je n'en voyais jamais la fin, moi qui sombrais toujours dans le sommeil sans terreur, seule de toute cette maison. Mais ce n'était pas un chant — c'était une nuance de gémissement, comme celui d'un animal —, et par cette nuit d'été oppressante, j'eus envie de le comprendre, car la chaleur me tenait éveillée et mon corps dévêtu me rendait différente. Je laissai donc le chant osciller un peu dans l'air pour mieux le saisir, puis sans préambule, dans le noir, je demandai paisiblement : Qu'est-ce que c'est ?

Le chant cessa d'osciller.

Pendant un moment, il n'y eut plus que le silence.

La Fille dit alors :

Tu ne sais pas ce que c'est ?

Non.

Vraiment ?

Vraiment.

Comment est-ce possible ?

La Jeune Épouse connaissait la réponse, elle savait précisément quel jour elle avait choisi cette ignorance, et elle aurait pu expliquer en détail pourquoi elle l'avait choisie. Mais elle répondit simplement :

Je ne sais pas.

Elle entendit la Fille rire très doucement, puis il y eut quelques bruits infimes, une allumette qu'on gratte, qui s'illumine et s'approche de la mèche — l'espace d'un instant, la lumière de la lampe à pétrole sembla très puissante, mais bientôt les choses, toutes, retrouvèrent des contours prudents, sages, y compris le corps nu de la Jeune Épouse, qui ne bougea pas et resta comme il était, et la Fille le vit, elle sourit.

C'est ma façon d'entrer dans la nuit, dit-elle. Si je ne le fais pas, je n'arrive pas à m'endormir. C'est ma façon.

Est-ce donc si difficile ? demanda la Jeune Épouse.

Quoi ?

D'entrer dans la nuit. Pour vous.

Oui. Trouves-tu cela amusant ?

Non, mais c'est mystérieux. Ce n'est guère facile à comprendre.

Connais-tu toute l'histoire?

Pas toute, non.

Dans cette famille, il n'y en a pas un qui soit mort en plein jour. Ça, tu le sais.

Oui. Je n'y crois pas, mais je le sais. Tu y crois, toi?

Je connais l'histoire de tous ceux qui sont morts la nuit, un par un. Je la connais depuis que je suis enfant.

Peut-être que ce sont des légendes.

Trois d'entre eux, je les ai vus.

C'est normal. Beaucoup de gens meurent la nuit.

Oui, mais pas tous. Ici, même les enfants qui viennent au monde la nuit meurent à la naissance.

Tu me fais peur.

Tu vois? Tu commences à comprendre — et, à cet instant, d'un mouvement précis de son bras valide, la Fille retira sa chemise de nuit. Elle la retira et se tourna sur le côté, comme la Jeune Épouse — elles se regardaient, nues. Elles avaient le même âge, celui où il n'existe aucune laideur, car tout baigne dans la lumière des premières fois.

Elles se turent pendant un moment, trop occupées à se regarder.

Puis la Fille dit qu'elle avait quinze, seize ans, quand elle avait décidé de se rebeller contre cette histoire des morts la nuit, car elle pensait sérieusement qu'ils étaient tous fous, et elle l'avait fait d'une manière qu'à présent elle se rappelait fort violente. Mais personne n'a eu peur, poursuivit-elle. Ils ont laissé passer un peu de temps. Jusqu'au jour où l'Oncle m'a invitée à m'allonger à côté de lui. Je me suis exécutée et j'ai attendu qu'il se réveille. Les yeux fermés, il m'a longuement parlé, peut-être dans son sommeil, et m'a expliqué que chacun est maître de sa vie. Mais il y a une chose qui ne dépend pas de nous, a-t-il ajouté, car nous la recevons en héritage, elle est dans notre sang et il est donc inutile de se rebeller contre elle, c'est un gaspillage de temps et d'énergie. Alors je lui ai répondu qu'il était idiot de croire qu'un destin pût se transmettre de père en fils, je lui ai dit que l'idée même de destin était un fantasme, une fable servant à justifier sa propre lâcheté. J'ai ajouté que je mourrais à la lumière du jour, quitte à devoir me tuer entre une aube et un crépuscule. Il a continué à dormir un long moment, puis il a ouvert les yeux et m'a dit qu'en effet le destin n'existe pas, naturellement, et que ce n'est pas de cela qu'on hérite, il ne manquerait plus que ça. C'est quelque chose de plus profond et animal. Ce dont on hérite, c'est *la peur*, a-t-il dit. *Une peur particulière.*

La Jeune Épouse nota qu'en parlant la Fille avait légèrement écarté les jambes, puis qu'elle les avait refermées après avoir glissé une main entre elles. Cette main, elle la conservait à présent entre ses cuisses et la remuait lentement.

Elle m'expliqua alors qu'il s'agissait d'une

contamination subtile, et elle me démontra qu'avec chaque geste, chaque mot, les pères et les mères ne font rien d'autres que *transmettre une peur*. Même lorsque, à première vue, ils nous donnent des assurances et des conclusions, *surtout* quand ils nous donnent des assurances et des conclusions, en réalité ils nous transmettent une peur, car tout ce qu'ils connaissent de sûr et de concluant n'est rien d'autre que ce qu'ils ont trouvé comme remède à la peur, souvent à une peur particulière et circonscrite. Ainsi, quand les familles semblent donner du bonheur aux enfants, elles les contaminent en réalité avec une peur. Et c'est ce qu'elles font à chaque heure, tout au long d'une série impressionnante de jours et sans se relâcher un seul instant, dans l'impunité la plus totale et avec une efficacité terrifiante, de sorte qu'il est impossible de briser en aucune façon le cercle des choses.

La Fille écarta un peu les jambes.

Par conséquent, j'ai peur de mourir la nuit, dit-elle, et je n'ai qu'une manière d'entrer dans le sommeil. La mienne.

La Jeune Épouse resta silencieuse.

Elle avait les yeux fixés sur la main de la Fille, sur ce qu'elle faisait. Ses doigts.

Qu'est-ce que c'est? demanda-t-elle encore.

Au lieu de répondre, la Fille ferma les yeux et se mit sur le dos, à la recherche d'une position bien précise. Elle avait une main en coquille posée sur le ventre et, de ses doigts, elle fouillait. La Jeune Épouse se demanda où elle avait vu ce geste, elle était si neuve face à ce qu'elle découvrait que pour finir elle s'en souvint : c'était le doigt de sa mère qui poursuivait dans une boîte le petit bouton en nacre qu'elle avait mis de côté pour les poignets de la seule chemise de son mari. À l'évidence, il est là question d'une autre région de l'être, mais le geste était identique, ou du moins il le fut jusqu'au moment où il devint circulaire, trop rapidement ou violemment pour n'être qu'une façon de chercher, à présent c'était devenu une sorte de chasse — elle songea à un insecte qu'on poursuit ou à un moyen de tuer quelque chose de petit. En effet, la Fille se cambrait de temps en temps et respirait bizarrement — une sorte d'agonie. Élégante, toutefois, se dit la Jeune Épouse, et même attirante, se dit-elle aussi : quoi que la Fille fût en train de tuer en elle, son corps paraissait manifestement né pour commettre ce délit, tant il se disposait bien dans l'espace, telle une vague, et même ses difformités d'éclopée avaient disparu, avalées par le vide — lequel de ses bras était amoché, nul n'aurait su le dire, laquelle de ses jambes ouvertes était perdue, impossible de se le rappeler.

L'espace d'un instant, elle cessa de tuer, mais sans faire volte-face, sans rouvrir les yeux, et elle dit : Vraiment, tu ne sais pas ce que c'est ?

Non, admit la Jeune Épouse.

La Fille éclata d'un beau rire.

Me dis-tu bien la vérité ?

Oui.

La Fille entama alors ce chant arrondi, semblable à une plainte, que la Jeune Épouse connaissait et ne connaissait pas ; elle poursuivit sa petite exécution, mais comme si elle avait décidé entre-temps de renoncer à la prudence à laquelle elle s'était tenue. À présent, elle agitait les hanches et, lorsqu'elle laissa retomber sa tête en arrière, sa bouche s'entrouvrit à peine, d'une manière qui me fit penser au franchissement d'une frontière et qui sonna comme une révélation : en un éclair, je songeai qu'il avait beau venir de loin, le visage de la Fille était né pour se retrouver là, dans cette vague ouverte qui se tournait maintenant sur l'oreiller. C'était si vrai, si ultime, que toute la beauté de la Fille — celle avec laquelle, le jour, elle enchantait le monde — m'apparut soudain telle qu'en elle-même, c'est-à-dire un masque, un subterfuge — ou guère plus qu'une promesse. Je me demandai si c'était vrai pour tous, pour moi aussi, mais la question que je posai alors à voix haute — à voix basse — ne fut pas celle-là, ce fut la même qu'auparavant.

Qu'est-ce que c'est ?

Sans s'arrêter, la Fille ouvrit les yeux et son regard se tourna vers la Jeune Épouse. Pourtant, elle n'avait pas l'air de l'examiner réellement, ses yeux cherchaient ailleurs et sa bouche ouverte avait quelque chose de languissant. Son chant arrondi se poursuivait, ses doigts ne s'arrêtaient pas et elle ne disait rien.

Ça t'embête si je regarde ? demanda la Jeune Épouse.

La Fille secoua la tête en signe de dénégation. Puis elle continua à se caresser sans un mot. Elle était quelque part en elle. Mais, comme ses yeux étaient posés sur la Jeune Épouse, celle-ci eut le sentiment que plus aucune distance, physique ou immatérielle, ne les séparait, et elle posa donc une autre question.

C'est ainsi que tu tues la peur ? Que tu la cherches et la tues ?

Alors la Fille tourna de nouveau la tête, elle fixa le plafond l'espace d'un instant et referma enfin les yeux.

C'est comme se détacher, dit-elle. De tout. Tu ne dois pas avoir peur, mais aller jusqu'au bout, dit-elle. Tu t'es détachée de chaque chose et une immense fatigue t'entraîne dans la nuit en te faisant l'offrande du sommeil.

Puis son visage ultime affleura de nouveau sur ses traits, elle avait la tête jetée en arrière et la bouche entrouverte. Elle reprit son chant arrondi et, entre ses jambes, les doigts se firent plus rapides, parfois ils disparaissaient en elle. Elle semblait perdre peu à peu la capacité de respirer et, à un certain point, fut saisie d'une hâte que la Jeune Épouse aurait pu croire désespérée, si elle n'avait pas appris juste avant que c'était au contraire ce que la Fille cherchait chaque soir, une fois la lumière éteinte, lorsqu'elle descendait jusqu'à un point qui devait lui résister de quelque façon, car elle la voyait maintenant s'échiner à déterrer du bout des doigts une chose que les bonnes manières du quotidien avaient manifestement enterrée le temps d'une longue journée. C'était une plongée, aucun doute à ce sujet, et à chaque pas elle semblait devenir plus raide ou plus périlleuse. Puis elle se mit à trembler et continua, jusqu'au moment où le chant arrondi se brisa. Alors elle se referma tel un hérisson, elle se tourna sur le flanc, serra les jambes et rentra la tête entre les épaules — je la vis se changer en enfant, pelotonnée sur elle-même, les mains enfouies entre les cuisses, le menton posé sur la poitrine, la respiration qui reprenait.

Qu'ai-je donc vu, songeai-je.

Que dois-je faire maintenant, songeai-je. Ne pas bouger, ne pas faire de bruit. Dormir. Mais la Fille rouvrit les yeux, elle chercha mon regard et, avec une étrange fermeté, dit quelque chose.

Je n'avais pas compris, si bien que la Fille répéta ce qu'elle venait de dire, mais plus fort.

Essaie.

Je ne bougeai pas. Je ne dis rien.

La Fille me fixait du regard, avec une tendresse si vaste qu'on aurait dit de la méchanceté. Elle tendit un bras et baissa la lumière de la lampe.

Essaie, répéta-t-elle.

Puis une autre fois.

Essaie.

C'est à cet instant que revint à l'esprit de la Jeune Épouse, telle une fulgurance, ce que je devrais raconter à présent, à savoir un épisode qui s'était déroulé neuf ans plus tôt, comme j'ai

pu le reconstituer récemment, de nuit. *De nuit,*
je le précise, car il m'est arrivé cette chose de
me réveiller en sursaut à une certaine heure du
matin, avant l'aube, et, avec beaucoup de lucidité, de mesurer la défaite qu'est ma vie, ou du
moins sa décomposition accélérée, comme un
fruit oublié dans un coin : je la combats, justement, en reconstituant cette histoire ou d'autres,
ce qui me distrait par moments de mes mesures
— mais d'autres fois, ça ne mène à rien. Mon
père fait la même chose et imagine arpenter un
parcours de golf un trou après l'autre, un neuf-
trous, précise-t-il. Il est du genre sympathique, il
a quatre-vingt-quatre ans. Et même si, à cet instant, cela me paraît incroyable, personne ne peut
dire s'il sera encore vivant quand j'aurai rédigé la
dernière page de ce roman : de façon générale,
TOUS ceux qui sont en vie tandis qu'on écrit un
livre devraient l'être encore une fois qu'on l'aura
terminé, et ce pour la bonne raison qu'écrire un
livre est, pour celui qui le fait, l'affaire d'un instant, certes long, et il serait donc déraisonnable
de penser que quelqu'un peut demeurer à l'intérieur, mort ou vif, pendant tout ce temps, surtout pas mon père, un homme sympathique qui,
la nuit, pour chasser les démons, joue au golf
dans sa tête, choisit les fers et dose la puissance
des coups, alors que moi, contrairement à lui, je
déterre cette histoire et d'autres encore, je l'ai
dit. Ce qui m'amène, à tout le moins, à savoir
avec certitude ce que la Jeune Épouse en vint
à se rappeler soudainement, tandis que la Fille

avait les yeux fixés sur elle et lui répétait un seul mot. *Essaie*. Je sais ce qu'était cette fulgurance : c'était un souvenir qu'elle n'avait jamais refoulé, qu'elle avait même conservé précieusement pendant neuf ans, celui du matin d'hiver où sa grand-mère l'avait fait venir dans sa chambre, alors qu'elle s'efforçait, pas encore vieille, de mourir en bon ordre dans un lit somptueux, harcelée par une maladie que personne n'avait su expliquer. Si absurde que cela puisse paraître, je sais exactement quels furent les premiers mots qu'elle lui dit — les paroles adressées par une moribonde à une enfant.

Comme tu es petite.

Tout juste ces mots-là.

Mais je ne peux pas attendre que tu grandisses. Je meurs et c'est la dernière fois que je peux te parler. Si tu ne comprends pas, écoute et grave tout dans ton esprit : tôt ou tard, tu comprendras. Est-ce clair ?

Oui.

Il n'y avait personne d'autre dans la pièce. La grand-mère parlait à voix basse. La Jeune Épouse la craignait et l'adorait. C'était la femme qui avait mis au monde son père, à ses yeux elle était donc intangible et solennellement lointaine. Lorsqu'elle lui ordonna de s'asseoir et de traîner une chaise à côté du lit, elle songea qu'elle n'avait jamais été aussi proche d'elle et, intriguée, elle se rendit compte qu'elle pouvait sentir son odeur : pas une odeur de mort, mais de coucher de soleil.

Ouvre les oreilles, petite femme. J'ai grandi comme toi. Enfant, j'étais la seule fille de la famille parmi de nombreux garçons. Ils étaient six, sans compter les morts. Plus un : mon père. Les gens de chez nous travaillent entourés d'animaux, chaque jour ils défient la terre et ont rarement le luxe de penser. Les mères vieillissent vite, les filles ont les fesses dures et les seins blancs, les hivers sont interminables et les étés torrides. Tu comprends quel est le problème ?

Confusément, mais elle comprenait.

Sa grand-mère ouvrit les yeux et la regarda fixement.

N'espère pas t'en tirer par la fuite. Ils courent plus vite que toi. Et quand ils n'ont pas envie de courir, ils attendent ton retour, puis ils te frappent.

La vieille referma les yeux et fit une grimace, car quelque chose en elle la mordait et la dévorait, la réduisait en morceaux improvisés et imprévisibles. Une fois que c'était passé, elle se remettait à respirer et crachait par terre un liquide nauséabond, aux teintes que seule la mort peut inventer.

Sais-tu comment j'ai fait ? lui demanda-t-elle.

La Jeune Épouse ne le savait pas.

Je me suis fait désirer jusqu'à les rendre fous, puis je me suis laissé prendre et enfin je les ai tenus par les noix pendant le reste de ma vie. T'es-tu jamais demandé qui commandait dans cette famille ?

De la tête, la Jeune Épouse fit signe que non.

Moi, bécasse.

Une nouvelle morsure figea ma respiration. Je crachai cette chose, je ne voulais même plus savoir où, et veillais juste à ne pas la cracher sur moi. Elle ne tombait plus au sol, mais sur les couvertures.

J'ai cinquante-trois ans et je vais crever. Il y a une chose que je peux te dire avec force : ne fais pas comme moi. Ce n'est pas un conseil, c'est un ordre. Ne fais pas comme moi. Tu as compris ?

Pourquoi ?

Elle le demanda d'une voix adulte et même agressive. D'un coup, il n'y avait plus rien d'enfantin chez elle. Soudain, elle en avait eu assez, ce qui me plut. Je me redressai un peu sur l'oreiller et compris qu'avec cette enfant je pouvais être dure, méchante et fabuleuse comme je l'avais été avec grand plaisir, chaque instant de cette vie qui m'échappait maintenant à force de douleurs au ventre.

Parce que ça ne fonctionne pas, répondis-je. On devient tous fous, il n'y a plus rien qui aille et, tôt ou tard, tu te retrouves avec un gros ventre.

Comment ça ?

Ton frère te grimpe dessus, il te fourre son engin à l'intérieur et te colle un bébé. Quand ce n'est pas ton père qui s'en charge. Est-ce plus clair ?

La Jeune Épouse ne broncha pas. Plus clair, oui.

N'imagine pas ça comme une chose désagréable. La plupart du temps, cette chose t'envoie chez les fous.

La Jeune Épouse ne dit rien.

Mais pour le moment, tu ne peux pas le comprendre. Contente-toi de le graver dans ton esprit. Est-ce clair ?

Oui.

Alors ne fais pas comme moi, j'ai tout raté. Je sais ce que tu dois faire. Ouvre bien les oreilles, je vais te dire ce que tu dois faire. Si je t'ai fait venir ici, c'est pour te dire ce que tu dois faire.

Elle sortit les mains de sous les couvertures, car elle avait besoin d'elles pour s'expliquer. Ses mains étaient laides, mais on voyait bien que si cela avait dépendu d'elles, elles auraient retardé encore longtemps le moment de se retrouver sous terre.

Ce que tu as entre les jambes, oublie-le. Il ne suffit pas de le cacher. Tu dois l'oublier. Toi-même, tu dois ignorer ce que tu as là. Ça n'existe pas. Oublie que tu es une femme, ne t'habille pas comme une femme, ne bouge pas comme une femme, coupe-toi les cheveux et bouge comme un garçon, ne te regarde pas dans le miroir, abîme-toi les mains, brûle-toi la peau, ne désire jamais être belle et n'essaie de plaire à personne. Tu ne dois pas même te plaire à toi-même. Tu dois leur inspirer du dégoût, alors ils te laisseront tranquille et ils t'oublieront. Tu comprends ?

De la tête, elle fit signe que oui.

Ne danse pas, ne dors jamais avec eux, ne te lave pas, habitue-toi à puer, ne regarde pas les autres hommes, ne deviens l'amie d'aucune femme, choisis les travaux les plus durs, tue-toi à la tâche, ne crois pas aux histoires d'amour et ne rêve jamais tout éveillée.

J'écoutais. Ma grand-mère m'a bien regardée, pour être sûre que je l'écoutais. Puis elle baissa la voix, on comprenait que venait maintenant la partie la plus difficile.

Mais fais très attention à une chose : prends soin de la femme que tu es dans tes yeux et dans ta bouche. Jette tout, mais conserve les yeux et la bouche : tu en auras besoin un jour.

Elle réfléchit quelques instants.

S'il le faut vraiment, renonce aux yeux et prends l'habitude de regarder par terre. Mais la bouche, sauve-la, sinon tu ne sauras pas par où recommencer quand tu devras le faire.

La Jeune Épouse la regardait avec des yeux qui étaient devenus immenses.

Quand devrai-je ?

Quand tu rencontreras un homme qui te plaira. Prends-le et épouse-le, c'est une chose qu'on doit faire. Mais tu devras aller le chercher, et tu auras alors besoin de ta bouche. Et des cheveux, des mains, des yeux, de la voix. De malice, de patience et de l'agilité du ventre. Tu devras tout réapprendre depuis le début : fais-le vite, sinon ils arriveront avant lui. Tu comprends ce que je veux dire ?

Oui.

Alors répète-le.

La Jeune Épouse le répéta mot pour mot et,

quand elle ne se rappelait pas les paroles exactes, elle avait recours à l'une des siennes.

Tu es une femme dégourdie, fit observer la grand-mère. Elle employa vraiment ce mot, *femme.*

Elle fit un geste aérien, peut-être était-ce une caresse non donnée.

À présent, conclut-elle, va-t'en.

Ayant reçu une autre morsure, elle laissa échapper une plainte animale, glissa de nouveau ses mains sous les couvertures et appuya sur son ventre, là où la mort la dévorait.

La Jeune Épouse se leva et resta un instant immobile à côté du lit. Une question me vint à l'esprit, mais je ne voyais pas trop comment la poser.

Mon père, commençai-je. Puis je m'interrompis.

La grand-mère se tourna pour me dévisager, avec des yeux de bête traquée.

Mais j'étais une enfant dégourdie et je poursuivis donc. Mon père est-il né de cette manière-là ? dis-je.

Quelle manière ?

Est-il né de cette manière-là, d'un membre de notre famille ?

La grand-mère me regarda et, ce qu'elle pensa, je peux le comprendre aujourd'hui : qu'on ne meurt jamais vraiment, car le sang dure, il transporte pour l'éternité le meilleur et le pire de nous.

Laisse-moi crever en paix, petite, répondit-elle. Laisse-moi crever en paix.

Par conséquent, durant cette nuit torride, quand la Fille m'examina avec une bienveillance qui pouvait également être de la méchanceté et m'invita encore à essayer, et donc à me rappeler cette chose que j'avais entre les jambes, je compris aussitôt que ce n'était pas un moment quelconque, mais bien le rendez-vous dont ma grand-mère m'avait parlé, tandis qu'elle crachait la mort tout autour d'elle : si, aux yeux de la Fille, c'était un jeu, pour moi c'était un seuil. Je l'avais systématiquement repoussé, avec une détermination féroce, car moi aussi, comme tout le monde, j'avais hérité d'une peur et je lui avais consacré une bonne partie de ma vie. J'avais fait ce qu'on m'avait enseigné. Mais depuis que j'avais rencontré le Fils, je savais qu'il manquait le dernier geste, peut-être le plus difficile. Il fallait tout réapprendre depuis le début et, comme il n'allait plus tarder, il fallait faire vite. Je me dis que la voix bienveillante de la Fille — sa voix méchante — était un cadeau du sort. Et puisqu'elle m'invitait à essayer, j'obéis et essayai, en sachant fort bien que je m'engageais sur un chemin sans retour.

Comme cela arrive parfois dans la vie, elle s'aperçut qu'elle savait comment s'y prendre, même si elle ignorait ce qu'elle faisait. C'était un début, un ballet, et elle eut la sensation d'y avoir travaillé en secret pendant des années, des heures de pratique dont elle n'avait aucun souvenir aujourd'hui. Elle laissa les choses se faire sans hâte, attendant que les bons gestes viennent d'eux-mêmes, et ils se présentaient au rythme des souvenirs, discontinus mais précis jusque dans les moindres détails. Elle aima ça, quand le souffle vint résonner dans sa voix, et aussi les moments où elle eut envie d'arrêter. Dans son esprit, il n'y avait pas de pensées, puis elle pensa qu'elle avait envie de se regarder, sinon elle ne conserverait de tout cela qu'une ombre faite de sensations, alors qu'elle voulait une image, vraie. Elle ouvrit donc les yeux, et ce qu'elle vit demeura ensuite dans mon esprit pendant des années, telle une image capable, dans sa simplicité, d'expliquer les choses ou d'identifier un début, ou encore de stimuler la fantaisie. Surtout le premier éclair, quand tout était inattendu. Il ne me quitta plus. Car on naît d'innombrables fois et, dans cet éclair, j'étais née à une vie qui deviendrait la plus vraie, la plus irrémédiable et violente. Ainsi, aujourd'hui encore, maintenant que tout est arrivé et que la saison de l'oubli est venue, il me serait difficile de me rappeler si en effet, à un certain moment, la Fille s'était bel et bien agenouillée à côté de mon lit, si elle m'avait caressé les cheveux et embrassé les tempes, ce que j'ai peut-être seulement rêvé. Mais je me rappelle encore avec une précision absolue qu'elle avait réellement posé une main sur ma bouche lorsqu'à la fin je n'avais pu étouffer un cri, cela, j'en suis sûre, car je sens encore la saveur de cette main, je retrouve l'étrange désir de la lécher, comme l'aurait fait un animal.

Si tu cries, ils vont te découvrir, lui dit la Fille en retirant la main de sa bouche.

Ai-je crié?

Oui.

Comme j'ai honte.

Pourquoi? C'est juste qu'ils vont te découvrir.

Comme je suis fatiguée.

Dors.

Et toi?

Dors, je dormirai aussi.

Comme j'ai honte.

Dors.

Le lendemain matin, à la table des petits-déjeuners, tout lui parut plus simple et, pour des raisons incompréhensibles, plus lent aussi. Elle s'aperçut qu'elle se glissait dans les conversations et qu'elle en ressortait avec une aisance dont elle ne se serait jamais crue capable. Ce n'était pas que son impression à elle. Elle perçut un voile de galanterie dans le petit geste de l'inspecteur des postes, et elle eut la certitude que les yeux de la Mère la voyaient *pour de bon*, avec même un instant d'hésitation, quand ils passaient sur elle. Elle chercha du regard la coupe de chantilly à laquelle elle n'avait encore jamais osé aspirer et, avant même de l'avoir trouvée, elle lui fut transmise par Modesto, accompagnée par deux accès de toux lourds de sens en guise de commentaire. Elle le regarda sans comprendre et, en lui tendant la coupe, le domestique ébaucha une courbette dans laquelle il dissimulait une phrase à peine perceptible, mais tout à fait claire.

Aujourd'hui vous brillez, Mademoiselle. Soyez vigilante.

Le Fils commença à arriver dès la mi-juin et, au bout de quelques jours, tous comprirent que la chose prendrait un certain temps. Le premier objet qui fut livré était un piano mécanique danois, en pièces détachées, et jusque-là on pouvait croire qu'un élément perdu avait échappé à la logique que le Fils avait sans nul doute imposée au transport de ses affaires, et fini par précéder le gros de la cargaison, ce qui n'était pas sans produire un certain effet comique. Pourtant, le lendemain, on leur livra deux moutons gallois de race Fordshire, ainsi qu'une malle scellée portant la mention MATÉRIAU EXPLOSIF. Suivirent alors, à une cadence quotidienne, une machine à dessiner fabriquée à Manchester, trois tableaux de natures mortes, la maquette d'une écurie écossaise, un bleu d'ouvrier, une paire de roues dentées dont la fonction était difficile à établir, douze plaids en laine très légère, une boîte à chapeaux vide et un panneau portant les horaires de la gare de Londres Waterloo. Comme cette procession ne semblait pas avoir de fin programmée, le Père se sentit en devoir de rassurer la Famille : il déclara que tout était sous contrôle et que, conformément à ce que le Fils avait pris soin de lui annoncer par courrier, son retour d'Angleterre se ferait suivant les modalités les plus susceptibles d'éviter des complications inutiles, voire dommageables. Modesto, qui avait eu un peu de mal à placer les deux moutons de race Fordshire, s'autorisa un accès de toux sec, et le Père ajouta qu'il fallait néanmoins s'attendre à quelques désagréments. Et comme Modesto ne semblait pas avoir résolu ses problèmes laryngés, le Père conclut en affirmant qu'il paraissait raisonnable d'envisager l'arrivée du Fils à temps pour la villégiature.

Dans la Famille, la villégiature était une habitude fastidieuse, qui se traduisait par deux semaines passées dans les montagnes françaises : elle était généralement vécue comme une contrainte et supportée par tous avec une élégante résignation. De plus, il était d'usage de vider entièrement la maison, un réflexe d'origine paysanne qui avait à voir avec la mise en jachère des cultures : on pensait qu'il fallait la laisser reposer, afin qu'au retour on puisse de nouveau semer avec succès l'effervescence de la Famille, dans l'assurance de pouvoir ensuite compter sur la fructueuse récolte habituelle. Par conséquent, les domestiques étaient également renvoyés chez eux, même Modesto était invité à prendre ce que d'autres auraient appelé des vacances et qu'il interprétait, lui, comme une suspension injustifiée du temps. En général, tout avait lieu autour du 15 août : il fallait donc en déduire que cette procession d'objets durerait encore une cinquantaine de jours. On était à la mi-juin.

Je n'ai pas compris, arrive-t-il ou non ? demanda la Jeune Épouse à la Fille quand elles furent restées seules, une fois le rituel du petit-déjeuner conclu.

Il arrive, chaque jour il arrive un peu plus, et il finira d'arriver dans un petit mois, répondit la Fille. Tu sais bien comment il est, ajouta-t-elle.

La Jeune Épouse le savait, mais pas si bien que cela, en détail ou de façon particulièrement claire. En réalité, le Fils lui avait plu précisément parce qu'il n'était pas compréhensible, contrairement aux autres jeunes gens de son âge, chez qui il n'y avait rien à comprendre. La première fois qu'elle l'avait vu, elle avait été frappée par l'élégance digne d'un malade avec laquelle il faisait chaque geste, mais aussi par une certaine beauté de moribond. Pour autant qu'elle sût, il était en parfaite santé, mais un homme dont la fin eût été proche aurait fait les mêmes gestes que lui, se serait vêtu comme lui et, surtout, serait resté excessivement muet comme lui, qui ne parlait que de temps en temps, à voix basse et avec une intensité déplacée. Il paraissait marqué par quelque chose, mais qu'il se fût agi d'un destin tragique était une déduction un peu trop littéraire que bientôt la Jeune Épouse apprit à dépasser instinctivement. En réalité, le Fils dissimulait dans les plis de ces traits si fragiles et de ces gestes convalescents une envie de vivre insatiable et même effrayante, ainsi qu'une imagination d'une rare prodigalité : deux vertus qui, dans ces campagnes, paraissaient inutilement spectaculaires. Tous le jugeaient fort intelligent, ce qui, pour la sensibilité commune, revenait à le croire anémique ou daltonien : une maladie inoffensive et raffinée. Mais de loin, le Père l'espionnait et savait ; de plus près, la Mère le protégeait et devinait : ils avaient un garçon spécial. Mue par un instinct de petit animal, la Jeune Épouse le comprit elle aussi, et elle n'avait que quinze ans. Elle se mit donc à passer du temps auprès de lui, désintéressée, chaque fois que l'occasion s'en présentait, et comme avec les années elle avait fait d'elle-même une sorte de garçon sauvage, elle devint pour le Fils un étrange compagnon, plus jeune, un peu solitaire et aussi mystérieux que lui. Ils restaient silencieux. La Jeune Épouse, surtout, était silencieuse. Ils avaient en commun le goût des phrases suspendues, une prédilection pour certaines qualités de lumière et la même indifférence pour tout ce qui était grossier. Ils étaient drôles à regarder, lui élégant et elle obstinément négligée, et s'il y avait un trait féminin quelque part, dans ce couple, on l'aurait plus facilement repéré chez le Fils. Ils se mirent à parler en disant *nous*, quand ils parlaient. On les voyait courir le long du remblai de la rivière, mais comme poursuivis par une chose dont il n'y avait aucune trace dans l'immensité de la campagne. On les vit en haut du clocher, après qu'ils eurent recopié ce qui était gravé sur la grande cloche. On les avait vus à l'usine, scrutant les gestes des ouvriers pendant des heures sans dire un mot, puis notant des chiffres dans un carnet. On finit par s'habituer à eux, ce qui les rendit invisibles. Quand cela arriva, la Jeune Épouse se rappela les paroles de sa grand-mère et, sans devoir trop y penser, elle reconnut ce que celle-ci lui avait annoncé et peut-être même promis. Elle ne se lava plus, attacha ses cheveux, porta les mêmes vêtements crasseux, conserva de la terre sous les ongles et une odeur âpre entre les cuisses ; les yeux aussi, auxquels elle avait renoncé depuis longtemps, elle continua à les bouger sans mystère, imitant la bêtise sournoise des animaux domestiques. Mais un jour, lorsque, au terme d'un silence que la Jeune Épouse jugea d'une durée parfaite, le Fils se tourna vers elle et lui posa une simple question, au lieu de répondre elle se servit de ce qu'elle avait gardé en réserve pour lui durant six ans et elle l'embrassa.

Pour le Fils, ce n'était pas le premier baiser, mais d'une certaine façon ce le fut. Avant cela et à des moments différents, deux autres femmes l'avaient embrassé : conformément au type de jeune homme qu'il était — sans âge —, c'étaient des femmes d'âge mûr, des amies de la Mère. Elles avaient tout fait seules, l'une dans un coin du jardin et l'autre dans un wagon de train. Dans les deux cas, il se rappelait surtout l'entrave du rouge à lèvres. La première, non, par délicatesse, mais la seconde, par pur désir, était descendue le toucher et le prendre dans sa bouche, lentement et longuement, jusqu'à le faire jouir. Il n'y avait pas eu de suite, c'étaient du reste des femmes cultivées, mais quand il lui arrivait de les croiser, le Fils lisait dans leurs yeux une longue prose secrète qui était en définitive ce qui l'excitait le plus dans tout cela. Quant à l'accouplement proprement dit, l'acte complet, en quelque sorte, le Père, cet homme débonnaire mais aussi féroce, à l'occasion, en avait fixé la date, au bon moment, en ville et dans le bordel de famille. Et comme, en ces lieux, on savait reconnaître sans tarder les préférences de chacun, tout se déroula d'une façon que le Fils trouva confortable et adéquate. Il apprécia la rapidité avec laquelle la première femme de sa vie devina qu'il resterait habillé et les yeux ouverts, tandis qu'elle devrait être nue et parfaitement silencieuse. Elle était grande, avait un accent du Sud et écartait les jambes avec solennité. Pour le saluer, elle lui passa un doigt sur les lèvres — qu'il avait exsangues, tel un malade, mais magnifiques, tel un martyr — et lui dit qu'il aurait du succès auprès des femmes, car rien ne les excite autant que le mystère.

Il avait donc un passé, le Fils, et pourtant le baiser vierge de la Jeune Épouse le laissa interdit. Car la Jeune Épouse était un gamin. Car c'était une pensée impensable. Car c'était une pensée qu'en réalité il avait toujours pensée. Car à présent c'était un secret qu'il connaissait. En outre, elle embrassait d'une manière… Il en fut troublé et, des mois plus tard, quand, assise à côté de lui, la Mère voulut savoir pourquoi diable il désirait se fiancer avec une adolescente qui, pour autant qu'elle pût en juger, n'avait pas de seins, pas de

66

fesses et pas de chevilles, il observa un de ses interminables silences et répondit seulement : Sa bouche. La Mère avait cherché dans l'index de ses souvenirs quelque chose qui reliât cette fille au mot *bouche*, mais elle n'avait rien trouvé. Elle avait donc poussé un long soupir, tout en se promettant d'être un peu plus vigilante à l'avenir, car à l'évidence quelque chose lui avait échappé. D'une certaine façon, c'est à cet instant que naquit en elle une curiosité qui, des années plus tard, lui dicterait comme on le verra un geste instinctif et mémorable. D'ailleurs, on sait bien que ce sont les fleuves qui se jettent dans la mer et non l'inverse, se contenta-t-elle de faire remarquer en la circonstance (car nombre de ses raisonnements étaient plutôt sibyllins).

À la suite de ce premier baiser, les événements s'étaient considérablement précipités, d'abord en secret, puis à la lumière du jour, jusqu'à donner naissance à cette sorte de lent mariage qui est de fait l'histoire que j'ai commencé à raconter ici et à propos de laquelle un vieil ami m'a demandé hier, en toute candeur, si elle avait quelque chose à voir avec les vicissitudes qui m'affligent depuis plusieurs mois, c'est-à-dire depuis la période même où j'ai commencé à raconter cette histoire qui, pensait mon vieil ami, pouvait fort bien avoir quelque chose à voir avec ce qui m'afflige. La bonne réponse — non — n'était pas difficile à donner, pourtant je suis resté silencieux et n'ai rien répondu, ceci parce que j'aurais dû expliquer que tout ce que nous écrivons a naturellement un rapport avec ce que nous sommes ou ce que nous avons été, mais, en ce qui me concerne, je n'ai jamais cru que le métier d'écrivain pût se limiter à habiller ses propres histoires de manière littéraire, en recourant au laborieux truc qui consiste à changer les noms et parfois l'ordre des faits, alors que le sens le plus vrai de ce que nous pouvons accomplir m'a toujours paru être le geste de mettre entre notre vie et ce que nous écrivons une distance magnifique, d'abord produite par l'imagination puis comblée par le savoir-faire et l'abnégation, qui nous conduit à un ailleurs où l'on découvre des mondes jusqu'alors inexistants, dans lesquels ce qui est nôtre de la façon la plus intime et la plus inavouable se remet à exister, mais en demeurant presque inconnu à nos yeux, touché par la grâce de formes infiniment délicates, comme celles de fossiles ou de papillons. Nul doute que ce vieil ami aurait eu bien du mal à le comprendre, et c'est pour cette raison que j'ai gardé le silence et que je n'ai rien répondu, mais à présent je m'aperçois qu'il aurait été plus utile que j'éclate de rire et que je lui demande, que je me demande ce que peut bien avoir à foutre l'histoire d'une famille qui prend son petit-déjeuner jusqu'à trois heures de l'après-midi ou celle d'un oncle qui dort tout le temps avec la soudaine défaite qui m'efface de la surface de la Terre (ou, du moins, c'est la sensation que j'éprouve). Rien, absolument et strictement rien. Cependant, si je ne l'ai pas fait, ce n'est pas uniquement parce qu'il m'en coûte beaucoup de rire, ces temps-ci, mais aussi parce que je sais avec certitude que j'aurais dit, certes avec subtilité, une chose fausse. Puisque les fossiles et les papillons sont là, qu'on commence à les découvrir à mesure qu'on écrit, parfois on ne doit même pas attendre des années ni se relire à tête reposée — de temps en temps, on les devine tandis que la forge est brûlante et qu'on est occupé à plier le fer. Par exemple, j'aurais dû signaler à mon vieil ami qu'en parlant de la Jeune Épouse il m'arrive de changer plus ou moins brusquement de narrateur, pour des raisons qui, sur le moment, me paraissent rigoureusement techniques et tout au plus banalement esthétiques, avec pour résultat manifeste de compliquer la tâche du lecteur, ce qui, en soi, est sans importance, mais aussi avec un désagréable effet virtuose que, dans un premier temps, j'ai essayé de combattre, avant de me rendre à l'évidence, c'est-à-dire au fait que je n'arrivais tout simplement pas à sentir ces phrases sinon en les faisant dériver de cette façon, comme si le solide appui d'un narrateur clair et distinct était une chose à laquelle je ne croyais plus ou qu'il m'était devenu difficile d'apprécier, une fiction pour laquelle j'avais perdu l'innocence nécessaire. À la fin, j'aurais dû admettre devant ce vieil ami que, sans deviner les détails de la question, je peux en arriver à croire qu'il y a un écho entre le glissement momentané de narrateur dans mes phrases et ce que j'ai dû découvrir durant ces mois, à propos de moi-même et des autres, c'est-à-dire le possible surgissement dans la vie d'événements qui n'ont pas de direction, qui ne sont donc pas une histoire et qu'on ne peut pas raconter, mais qui demeurent des énigmes sans forme distincte, destinées à nous faire éclater le cerveau, comme mon cas le prouve. De façon à peu près involontaire, j'en exprime la déconcertante absurdité dans le geste artisanal que je fais pour gagner ma vie, ai-je maintenant envie de dire à mon vieil ami, tardivement, certes, et en le suppliant de comprendre que oui, le livre que j'écris a sans doute à voir avec ce qui me tue, mais je le prie de considérer cela comme un aveu téméraire et des plus intimes, qu'il est tout à fait inutile de garder en mémoire, car en définitive, la solide réalité des faits, qui arrive parfois à m'étonner moi aussi, je le jure, c'est qu'au bout du compte, malgré tout ce qui se passe autour de moi et en moi, la chose qui me semble à présent exiger le plus de soin et d'affinage est le récit du jour où, dans la progression géométrique de leur passion, le Fils et la Jeune Épouse se heurtèrent à cette variable aléatoire qu'était l'émigration en Argentine, née de l'imagination enflammée d'un père inquiet — ou fou. Le Fils, au fond de lui, n'en fut pas plus perturbé que cela, car il avait hérité de la Famille une conception du temps plutôt insaisissable, à la lueur de laquelle trois années n'étaient pas fondamentalement différentes de trois jours : il s'agissait de formes provisoires de leur provisoire éternité. Au contraire, la Jeune Épouse en fut dévastée. Elle, de sa famille, avait hérité une peur précise, et elle comprit en cet instant que si les conseils de sa grand-mère l'avaient jusque-là défendue et sauvée, tout deviendrait plus difficile sur cette terre étrangère, lointaine et secrète. Sa condition de promise la mettait apparemment en sûreté, mais faisait aussi remonter à la surface ce qu'elle avait su garder enfoui pendant des années, à savoir l'éclatante vérité selon laquelle elle était femme. Elle accueillit avec effroi la décision de son père de l'emmener aussitôt, inutile comme elle l'était manifestement là-bas, et alla jusqu'à se demander si, dans cette brusque décision du père, ne se nichait pas quelque intention oblique. Elle partit pour l'Argentine avec une valise légère et le cœur lourd.

Comme on l'a vu, quoi qu'il fût arrivé là-bas — et quelque chose était bien arrivé, ainsi qu'on le découvrira —, la Jeune Épouse fut ponctuelle au rendez-vous et relativement présentable, les cheveux convenablement attachés, le teint pâle et le pas délicat. De loin, elle était venue prendre ce qui lui revenait et, pour autant qu'elle sût, rien n'aurait pu l'empêcher d'être au rendez-vous, le cœur intact, pour recevoir le délice de ce qui lui était promis.

Au dire de tous, cela se produirait avant la villégiature.

Modesto.
Oui ?

Cette histoire de livres.

Oui ?

Peut-on en parler un instant ?

Si vous le souhaitez. Mais pas ici.

Ils étaient dans la cuisine, et Modesto avait une conception un tantinet rigide de l'usage auquel chaque pièce était destinée dans cette maison : ainsi, dans la cuisine, on cuisinait.

Si vous voulez m'accompagner, proposa-t-il, j'allais justement cueillir des aromates dans le potager.

Le jardin, par exemple, était un bon endroit pour parler.

C'était une journée lumineuse, on ne voyait aucune trace de la brume grasse qui, à cette saison, affligeait le plus souvent les yeux et les humeurs. Ils s'arrêtèrent à côté de la haie des aromates, à l'ombre circonspecte d'un lilas.

Je me demandais s'il ne serait pas possible de bénéficier d'un passe-droit, expliqua la Jeune Épouse.

C'est-à-dire ?

J'aimerais pouvoir lire. Avoir des livres. Ne pas être contrainte de les lire aux toilettes.

Vous les lisez aux toilettes ?

Avez-vous d'autres endroits à me suggérer ?

Modesto garda le silence quelques instants.

Est-ce pour vous une chose si importante que cela ?

Ça l'est. J'ai grandi dans une famille de pay-sans.

Un métier tout à fait noble.

Peut-être. Mais là n'est pas la question.

Non?

J'ai passé quelque temps, pas beaucoup, à l'école des sœurs. Savez-vous pourquoi je ne suis pas complètement ignorante?

Parce que vous avez lu des livres.

Exact. J'ai découvert les livres en Argentine. Il n'y avait rien d'autre à faire. Un médecin m'en apportait quand il passait chez nous une fois par mois, peut-être était-ce sa façon de me faire la cour. Ils étaient en espagnol, je n'y comprenais pas grand-chose, mais je les dévorais tout de même. Lesquels, c'est lui qui choisissait. Moi, tout m'intéressait. Là-bas, c'est la chose la plus belle que je faisais.

Je peux l'imaginer.

Maintenant, ça me manque.

Et pourtant, aux toilettes, vous arrivez à lire un peu.

Le seul livre que j'ai apporté. Je pourrai bientôt le réciter par cœur.

Puis-je prendre la liberté de vous demander ce que c'est?

*Don Quichotte.*

Ah, ça.

Vous le connaissez?

Un tantinet lent, vous ne trouvez pas?

Discontinu, disons.

Je ne voulais pas aller jusque-là.

Mais la langue est magnifique, croyez-moi.

Je vous crois.

Elle chante.

Je vois.

Serait-il vraiment impossible de dénicher un autre livre dans cette maison ? Et d'avoir le droit de le lire ?

Maintenant ?

Oui, maintenant. Pourquoi pas ?

Vous n'allez pas tarder à vous marier. Quand vous serez chez vous, vous pourrez faire tout ce que vous voudrez.

Il ne vous a pas échappé que les choses traînent un peu en longueur.

Oui, j'ai eu cette impression moi aussi.

Modesto prit le temps d'y réfléchir. Naturellement, il aurait pu s'en charger lui-même : il savait où trouver des livres et il n'aurait été ni difficile ni déplaisant d'en fournir quelques-uns à la Jeune Épouse. Mais il était clair que c'eût représenté une infraction qu'il n'était pas sûr de vouloir commettre. Après une longue hésitation, il s'éclaircit la voix. La Jeune Épouse ne pouvait pas le savoir, mais c'était le préfixe laryngé introduisant les communications auxquelles il attribuait une valeur particulièrement privée.

Parlez-en à la Mère, dit-il enfin.

À la Mère ?

Le Père est très strict sur ce point. Mais la Mère, en secret, lit. Des poèmes.

La Jeune Épouse songea aux raisonnements sibyllins de celle-ci et comprit d'où ils venaient.

Et quand le fait-elle ?

L'après-midi, dans sa chambre.

Je croyais qu'elle recevait des visites.

Pas toujours.

La Mère lit. Incroyable.

Naturellement, Mademoiselle, je ne vous ai rien dit et vous n'êtes au courant de rien.

Bien sûr.

Mais à votre place, j'irais voir la Mère. Ayez l'audace de solliciter un entretien.

Frapper à sa porte sans trop de manières vous semble-t-il infaisable ?

Modesto se raidit.

Comment ?

Je veux dire : il suffit de frapper à sa porte, je pense.

Modesto était penché sur le potager. Il se redressa.

Mademoiselle, vous savez de qui nous parlons, n'est-ce pas ?

Bien sûr. De la Mère.

Mais elle aurait pu répondre sur le même ton « à la cave », à quelqu'un qui lui aurait demandé où se trouvaient les chaises cassées à emporter, et Modesto comprit alors que la Jeune Épouse ne savait pas, ou du moins qu'elle ne savait pas tout, et il en fut profondément attristé. Il n'avait pas été à la hauteur de l'ambition avec laquelle il se réveillait chaque matin — être parfait —, comprit-il, en accordant à cette jeune fille le privilège de la révélation sans avoir mesuré le périmètre de son ignorance. Il en fut troublé et, pendant un long instant, se retrouva sous l'emprise d'un désarroi qui n'appartenait ni à ses devoirs ni à ses habitudes. La Jeune Épouse eut même l'impression que, durant quelques secondes, Modesto hésitait — un petit mouvement dans l'espace — et, du reste, *hésiter* est précisément ce nous faisons quand nous percevons soudain le fossé abyssal qui sépare à notre insu l'évidence des faits et nos intentions, une expérience que j'ai vécue à plusieurs reprises ces derniers temps, conséquence naturelle de mes choix et de ceux d'autrui. Ainsi que je m'efforce de l'expliquer parfois à ceux qui ont la témérité de m'écouter, la sensation que j'éprouve et qui n'est guère originale est celle de ne me trouver nulle part, à un degré tel que même Dieu ne pourrait remarquer mon existence, provisoirement inexistant comme je le suis, si par caprice il décidait à ce moment-là de jeter un coup d'œil à la Création. Il y a naturellement des médicaments pour ce genre de cas, mais chacun de nous a ses propres stratagèmes pour s'occuper, le temps de ces morts intermittentes. Par exemple, j'essaie de mettre de l'ordre parmi les objets, les pensées, parfois, et plus rarement les personnes. Modesto, lui, se contenta d'habiter ce vide pendant une poignée de secondes — ce qui, pour lui, était beaucoup —,  et l'un des privilèges de mon métier consiste à savoir en détail ce qui lui passa par la tête, c'est-à-dire la quantité surprenante de choses que, de toute évidence, la Jeune Épouse ignorait. Et ce que, de toute évidence, la Jeune Épouse ignorait, c'était l'histoire de la Mère. Sa légende.

Qu'elle fût belle, je crois l'avoir déjà signalé,

mais à présent il convient de préciser que sa beauté était, dans la perception commune et dans ce monde circonscrit, quelque chose de mythologique. Ses origines plongeaient leurs racines dans les années d'adolescence passées à la ville, et donc, dans les campagnes, on n'en avait que des échos lointains, des récits légendaires, des détails à la provenance insondable. Toutefois, on savait que la Mère avait très tôt pris la mesure de sa beauté et que, pendant un certain temps, elle en avait fait un usage spectaculaire. Le Père, elle l'avait épousé à l'âge de vingt-cinq ans, alors qu'elle avait déjà vécu bien des choses et ne s'était d'ailleurs repentie d'aucune. Inutile de le taire, ce mariage n'avait aucun sens manifeste, car le Père était un homme au physique anodin, attaché sur le plan sexuel à une prévisible circonspection, mais tout apparaîtra plus clair dans l'après-midi ou, plus sûrement, dans la nuit, quand je sentirai que j'ai au bout des doigts les rugosités me permettant de raconter comment se passèrent bel et bien les choses, mais pas maintenant, par cette journée de soleil où je me sens au contraire capable de la douceur nécessaire à résumer ce que Modesto savait et la Jeune Épouse non, c'est-à-dire, par exemple, comme il était multiple, le sillage de folie que la Mère avait laissé derrière elle en glissant simplement dans la vie citadine, tandis qu'elle exerçait la force de son charme sur les faiblesses d'autrui. Ils furent deux à s'ôter la vie, c'est bien connu, l'un avala une trop grande dose de poison, l'autre disparut dans les tourbillons du fleuve. Un prêtre d'une certaine notoriété, excellent prédicateur, avait également disparu derrière les murs d'un couvent, et un cardiologue fort apprécié avait trouvé refuge dans les couloirs d'un asile psychiatrique. Nombreux étaient les couples au sein desquels la femme, d'ailleurs pas si mal, vivait avec un homme persuadé d'être né pour en aimer une autre, à savoir la Mère. D'autre part, on connaissait également trois jeunes filles au moins, toutes de très bonne famille et toutes régulièrement mariées, qui avaient été si proches d'elle durant ses vertes années, qu'elles en avaient conçu un dégoût permanent du corps masculin et de ses appétits. Ce qu'elle avait bien pu offrir à chacune de ses victimes pour les conduire à pareille extrémité, c'est là une information dont on ne connaît que de vagues contours, mais il est néanmoins deux éléments irréfutables auxquels on peut se fier. Le premier va apparemment de soi : le Père épousa une jeune femme qui n'était plus vierge. Le second, lui, doit être pris au pied de la lettre : du temps de sa jeunesse, la Mère n'avait pas besoin de se donner le moins du monde pour faire perdre la tête à quelqu'un, sa seule présence était largement suffisante. Si cela semble peu crédible, je peux en fournir un exemple à partir d'un détail, peut-être le plus significatif et à coup sûr le plus souvent rapporté. Chaque chose en elle était splendide, mais si nous parlons de *décolleté*[*1], ou même seulement de ce qui suivait la simple promesse formulée de *décolleté**  — nous parlons là de ses seins —, nous sommes contraints de nous élever à un niveau qu'il est difficile de définir, à moins de vouloir recourir à des termes tels qu'*enchantement*. Baretti, dans son Index, auquel il nous est inévitable de nous référer si nous souhaitons donner à la question des contours objectifs, ose même l'expression *sorcellerie*, mais il s'agit là d'un passage qui a toujours été fort discuté, dans un travail par ailleurs irréprochable : ne serait-ce que parce que le mot *sorcellerie* suggère une intention maligne qui ne rend nullement compte de la félicité cristalline, bien connue de tous, que le regard le plus fugace à la poitrine de la Mère pouvait procurer à quiconque avait eu l'audace de le risquer ou le privilège de pouvoir le risquer. À la longue, Baretti lui-même en convint. Dans les lectures les plus tardives de l'Index, alors que c'était désormais un homme âgé, bien que des plus dignes, la référence à la *sorcellerie* tendait à disparaître, affirment les témoins. Si j'emploie le terme *lecture*, c'est parce que, peut-être la chose n'est-elle pas universellement connue, l'Index de Baretti n'était pas un ouvrage ou un document écrit, mais une sorte de liturgie orale célébrée par lui, du reste rarement et toujours sans publicité. Elle avait en moyenne une fréquence

---

1. Les mots en italique suivis d'un astérisque sont en français dans le texte. (*Note du traducteur.*)

bisannuelle et, d'ordinaire, tombait l'été. Une seule chose était fixe : elle débutait toujours à minuit précis. Mais quel jour, nul ne le savait. Il n'était pas rare que, compte tenu du caractère imprévisible de l'événement, Baretti se présentât devant des témoins peu nombreux, parfois seulement deux, et une année — qui s'avéra être une année de sécheresse —, devant personne. Cela ne semblait guère le déranger, ce qui devrait nous faire comprendre en quoi la discipline de l'Index était pour lui une nécessité personnelle, une urgence qui le concernait intimement et qui ne pouvait concerner les autres que de façon accidentelle. C'était du reste un homme d'une élégante modestie, comme on pouvait logiquement le déduire de son métier : il était tailleur, en province.

Tout avait commencé un jour, quand — peut-être pour faire montre d'une certaine bienveillance, ou peut-être sous la contrainte d'une pressante nécessité — la Mère était venue chercher une robe de soirée à laquelle, en ville, on n'avait manifestement pas consacré les soins indispensables, de sorte que le décolleté avait encore une forme peu satisfaisante.

Baretti avait alors trente-huit ans. Il était marié. Il avait deux enfants. Il en aurait voulu un troisième. Mais, ce jour-là, il devint vieux, redevint dans le même temps enfant et se changea à jamais en artiste.

Comme elle eut maintes fois l'occasion de le raconter par la suite, la Mère lui fit remarquer, au vu des premières approches, que s'il s'obstinait à regarder ailleurs, il ne lui serait guère facile de comprendre ce qu'elle attendait de lui.

Pardonnez-moi, mais je ne pense pas avoir l'imprudence nécessaire pour vous rendre service, se défendit-il, en conservant les yeux toujours aussi loin dudit décolleté.

Ne dites pas de bêtises. Vous êtes tailleur, non ?

De façon générale, je me consacre à la mode masculine.

Erreur. Vos affaires doivent en souffrir.

En effet.

Consacrez-vous aux femmes. Vous en retirerez bien des avantages.

Vous pensez ?

Je n'ai aucun doute.

Je vous crois.

Alors regardez-moi, au nom du Ciel.

Baretti la regarda.

Vous voyez, ici ?

*Ici*, c'était là où le tissu suivait la courbe de ses seins, concédant peu au regard et laissant le reste à l'imagination. Baretti était tailleur, la nudité ne lui était donc pas absolument nécessaire, et il savait déchiffrer les corps sous l'étoffe : qu'il s'agît des épaules osseuses d'un vieux notaire ou des muscles soyeux d'un jeune prêtre. Ainsi, lorsqu'il pivota pour se pencher sur le problème, il comprit en un instant quelle courbe suivaient les seins de la Mère, comment les tétons pointaient d'un rien vers l'extérieur tout en se tendant vers le haut, et aussi que sa peau était pâle, maculée de taches de rousseur qui s'annonçaient à peine sur la partie découverte mais descendaient sûrement là où ils n'étaient pas nombreux à les avoir vues. Il sentit dans la paume de ses mains ce qu'avaient pu sentir les amants de cette femme, et il devina qu'ils avaient connu la perfection, mais sans doute aussi le désespoir. Il les imagina serrant, dans l'aveuglement de la passion, et caressant, une fois que tout était perdu ; mais dans tout le règne végétal, il ne trouva pas un seul fruit qui rappelât, même de loin, le mélange de plénitude et de tiédeur qu'ils devaient avoir rencontré au bout de leurs gestes. Il prononça donc une phrase dont il ne se serait jamais cru capable.

Pourquoi si profond ?

Comment ?

Pourquoi un décolleté si profond ? C'est un péché, un impardonnable péché.

Vous tenez à le savoir ?

Oui, répondit Baretti, contre toutes ses convictions.

Je suis lasse des accidents.

Quelle sorte d'accidents ?

Des accidents. Si vous voulez, je peux vous donner des exemples.

Je veux bien. Pendant ce temps, avec votre autorisation, je vais tenter d'éliminer ces *pinces**  qui me semblent tout à fait hors sujet.

C'est ainsi que l'Index de Baretti vit le jour, d'abord fondé sur les exemples que la Mère lui avait généreusement fournis, puis complété par de copieux témoignages, rassemblés au fil des ans et organisés au sein d'un unique récit liturgique que certains appelaient *Saga*, d'autres *Catalogue* et Baretti, avec une pointe de mégalomanie, *Poème épique*. Le sujet en était les curieux effets qu'au fil des ans avoir deviné, entrevu, effleuré, touché ou embrassé les seins de la Mère avait produits sur ceux qui s'étaient imprudemment lancés dans l'une de ces cinq opérations : ce que la Mère appelait, en un rare étalage de concision, des *accidents*. L'habileté de Baretti fut de tout mémoriser, sans erreur ; son génie, de rapporter la somme infinie et multiforme des cas en question à un schéma de base, doté d'une indubitable efficacité et d'une certaine valeur poétique. La première section était immuable :

*il ne faut pas oublier que.*

Pour des raisons musicales, un adverbe venait souvent se glisser entre le *faut* et le *pas* :

*il ne faut naturellement pas oublier que,*

*il ne faut surtout pas oublier que,*

*il ne faut enfin pas oublier que,*

Suivait une brève indication d'espace et de temps :

*la veille de Pâques,*

*à l'entrée du mess,*

qui introduisait la citation du personnage principal, la plupart des fois à l'abri d'une formule quelque peu générique :

*un sous-officier du génie,*

*un étranger arrivé par le train de dix-huit heures quarante-deux,* mais de temps en temps désigné de manière directe :

*le notaire Gaslini,*

et, en bout de chaîne, on trouvait l'exposé des faits, que Baretti prétendait avoir scrupuleusement vérifiés :

*il dansa la quatrième valse de la soirée avec la Mère, la serrant par deux fois suffisamment fort pour sentir ses seins qui pressaient contre son habit bleu marine,*

*il eut avec la Mère une relation qui dura trois jours et trois nuits, apparemment sans interruption.*

À ce moment, Baretti marquait une pause d'une durée variable, parfois à peine perceptible, suivant une technique théâtrale dont, avec le temps, il était passé maître. Quiconque a assisté à une de ses interprétations de l'Index sait que, durant cette pause, naissait dans son auditoire un silence bien particulier, pendant lequel il était peu probable que quelqu'un songeât à respirer. C'était comme un rythme animal, que Baretti contrôlait magnifiquement. Dans cette apnée générale, il laissait alors se dérouler la seconde partie de sa narration, celle qui se révélait décisive et qui exposait les curieuses conséquences du fait précité — que la Mère appelait *accidents.* C'était la section la moins rigide : la métrique trouvait chaque fois des accents différents et le compte rendu progressait avec une certaine liberté, laissant une certaine place à l'invention, à la fantaisie et, souvent, à l'improvisation. D'après Baretti, il y avait toujours quelque chose de vrai, mais tous s'accordent à dire que le détail des circonstances souffrait d'une certaine complaisance envers le merveilleux. Du reste, c'était ce que les présents attendaient — une sorte de récompense finale et libératrice.

Pour résumer, le schéma de base mis au point par Baretti prévoyait deux sections, dont la première (inspirez) était composée de quatre sous-sections, tandis que la seconde progressait plus librement, mais toujours dans le respect d'une certaine harmonie d'ensemble (expirez). Il faut garder à l'esprit que ce schéma se répétait des dizaines de fois et qu'avec les années, mais aussi avec l'accumulation incessante d'exemples, il en vint à se répéter des centaines de fois. On peut aisément en déduire l'effet hypnotique, ou du moins berceur, qu'avait chaque interprétation. Je peux moi-même confirmer qu'y assister était une expérience singulière, rarement ennuyeuse et toujours agréable. Je veux dire : j'ai vu au théâtre des choses bien plus inutiles et, chaque fois, j'avais payé ma place. Il ne faut surtout pas oublier qu'en avril 1907 le frère d'un célèbre exportateur de vins dut, en raison d'une soudaine averse, traverser la place en abritant sous son parapluie la Mère, qui serra son bras le plus naturellement du monde et pressa de façon visiblement délibérée son sein gauche contre lui. (Pause.) On sait que le frère du célèbre exportateur de vins y lut des promesses, non tenues par la suite, qui le poussèrent à s'installer dans le Sud et à vivre avec un comédien de théâtre dialectal. Il ne faut surtout pas oublier qu'en 1898, au cours du bal des débutantes, la Mère retira son châle et dansa seule au milieu de la salle, comme si elle était soudain redevenue adolescente, sans se soucier de la bretelle de sa robe qui avait glissé. (Pause.) Peut-être était-ce dû à l'âge, toujours est-il que le député Astengo fut foudroyé par un infarctus et qu'il mourut tandis qu'affleurait dans son esprit l'idée que, peut-être, il n'avait pas organisé sa vie en fonction des bonnes priorités. Il ne faut enfin pas oublier que Matteo Pani, artiste reconnu, obtint de pouvoir peindre un nu de la Mère, avant que celle-ci, mue par un soudain retour de pudeur, n'exigeât qu'il représente uniquement son buste. (Pause.) Le portrait fut ensuite acheté par un banquier suisse, qui passa les onze dernières années de sa vie à écrire chaque jour à la Mère, sans jamais obtenir de réponse, pour lui demander de passer une nuit, une seule, avec lui. Et il ne faut pas oublier non plus que sur la plage de Marina di Massa, où la Mère passa par erreur les vacances d'été en 1904, à l'Hôtel Hermitage, il revint à un jeune serveur de la secourir et de la porter dans ses bras après qu'elle se fut évanouie, un malaise sans doute dû à la chaleur, alors qu'elle portait un simple peignoir sur sa peau nue. (Pause.) À cette occasion, le jeune homme découvrit qu'il existait d'autres horizons, il quitta sa famille et ouvrit une salle de bal à l'entrée de laquelle, sans raison apparente, un peignoir d'hôtel est encore exposé, dit-on. De même, il ne faut en aucun cas oublier que durant une fête privée, le fils de la famille Aliberti, qui était neurasthénique, demanda à la Mère de se déshabiller pour lui en échange de sa part d'héritage. (Pause.) Comme on le sait, la Mère retira son chemisier puis son bustier et se laissa toucher, avant de refuser cette offre et, à titre de satisfaction, d'abandonner là sans connaissance le troisième fils de la famille Aliberti tandis qu'elle se rhabillait.

Vous arrive-t-il de faire des gestes répétitifs ? m'a demandé le docteur (j'ai fini par consulter un docteur, car mes amis insistaient, et je l'ai surtout fait par gentillesse à leur égard). Pas dans la vie, ai-je répondu. Ça m'arrive quand j'écris, ai-je précisé. J'aime faire des listes de choses, des index, des catalogues, ai-je conclu. Ça lui a paru intéressant. Il prétend que si je lui faisais lire ce que j'écris, ce pourrait être d'une grande utilité.

Naturellement, c'est une éventualité que j'exclus.

De temps en temps, il se tait et moi aussi, tous deux assis l'un en face de l'autre. Longuement. Je suppose qu'il attribue à ce geste un authentique pouvoir thérapeutique. Il doit imaginer que, dans ce silence, j'accomplis un quelconque parcours intérieur. En réalité, je pense à mon livre. J'ai remarqué que j'aimais plus qu'avant le laisser glisser loin de la route principale et rouler au bas de falaises inattendues. Naturellement, je ne le perds jamais de vue, mais lorsqu'il m'est arrivé, en travaillant sur d'autres histoires, de m'interdire toute évasion de ce type, dans le but de construire des mécanismes parfaits dont j'étais d'autant plus satisfait que la pureté ainsi conservée était proche de l'absolu, à présent j'aime laisser ce que j'écris se faire ballotter par le courant, un apparent effet de dérive que le docteur, dans sa savante ignorance, n'hésiterait sans doute pas à relier à l'effondrement incontrôlé de ma vie personnelle, une déduction qu'il me serait fort pénible d'écouter en raison de sa considérable idiotie. Jamais je ne réussirais à lui expliquer qu'il s'agit d'une question strictement technique ou tout au plus esthétique, très claire pour ceux qui exercent en conscience le même métier que moi. Il s'agit de dominer un mouvement semblable à celui des marées : quand on connaît bien ces dernières, on peut joyeusement permettre au bateau d'accoster puis, pieds nus, faire le tour des plages afin de ramasser des mollusques ou d'autres petits animaux généralement invisibles, il suffit de ne pas se faire surprendre par le retour de la marée, de remonter à bord et d'attendre tranquillement que la mer vienne avec douceur s'emparer de la quille du bateau, puis qu'elle l'emporte de nouveau vers le large. Avec la même douceur, après m'être attardé à recueillir toutes les strophes de Baretti et d'autres mollusques du même tonneau, j'entends maintenant revenir vers moi un vieillard et une jeune fille, je les vois se changer, lui en vieil homme debout, figé devant un buisson d'aromates, et elle en Jeune Épouse à ses côtés, et cette dernière s'efforce de comprendre ce qu'il peut bien y avoir de si grave à frapper à la porte de la Mère sans faire trop de manières. J'entends distinctement l'eau s'emparer de la quille de mon livre et je vois chaque chose reprendre le large dans la voix du vieillard, qui dit :

Je ne pense pas, Mademoiselle, que vous disposiez de toutes les informations nécessaires pour pouvoir juger de ce qui est le plus opportun aux fins d'approcher la Mère.

Vous croyez ?

Je le crois.

Dans ce cas, je suivrai votre conseil. Je solliciterai une entrevue et je le ferai pendant le petit-déjeuner. Est-ce mieux ?

Oui, admit Modesto. Et si vous voulez bien vous fier à moi, ne lésinez pas sur les précautions, sachant que vous aurez affaire à elle.

J'adopterai une attitude de parfait respect, je vous le promets.

Le respect me semble aller de soi, si vous me permettez. Ce que je vous suggère, c'est une certaine prudence.

C'est-à-dire ?

C'est une femme étonnante à tous égards.

Je sais.

Modesto baissa les yeux et, ce qu'il dit alors, il le dit à mi-voix, avec une soudaine nuance de mélancolie.

Non, vous ne savez pas.

Puis il se pencha de nouveau sur le buisson d'aromates.

Vous ne trouvez pas que la marjolaine a une

manière remarquablement élégante de se tendre vers nous? demanda-t-il, à présent joyeux et signifiant par là que la conversation était terminée.

Ainsi, le lendemain, la Jeune Épouse s'approcha de la Mère pendant le petit-déjeuner. Elle lui demanda avec une certaine discrétion si elle voulait bien la recevoir dans ses appartements l'après-midi même et échanger quelques mots avec elle en privé.

Mais bien sûr, mon ange. Viens quand tu veux. À sept heures précises, par exemple.

Puis elle ajouta quelque chose au sujet des marmelades anglaises.

Dans l'ordre arrivèrent ensuite de l'Île à un rythme quotidien un secrétaire en noyer, treize volumes d'une encyclopédie en langue allemande, vingt-sept mètres de coton égyptien, un livre de recettes dépourvu d'illustrations, deux machines à écrire (une petite et une grande), un ouvrage d'estampes japonaises, deux autres roues dentées en tout point identiques à celles qui avaient été livrées quelques jours plus tôt, huit quintaux de fourrage, les armes héraldiques d'une famille slave, trois caisses de whisky écossais, un outil plutôt mystérieux qui se révéla être un club de golf, les lettres de créance d'une banque anglaise, un chien de chasse et un tapis indien. C'était une pulsation du temps, d'une certaine façon, et la Famille s'y habitua à tel point que si, à la suite de détestables dysfonctionnements du système d'expédition, il arrivait qu'une journée entière passât sans livraison, tous ressentaient un trouble imperceptible, comme si on les avait privés des douze coups de midi. Peu à peu, ils prirent l'habitude de désigner chaque jour par le nom de l'objet, le plus souvent absurde, qui avait été livré. Le premier à deviner la pertinence d'une telle méthode fut l'Oncle, inutile de le préciser, lorsque, au cours d'un petit-déjeuner particulièrement joueur, quelqu'un demanda depuis combien de temps il n'était pas tombé une seule goutte d'eau sur ces fichues campagnes. Constatant dans son sommeil que personne n'était en mesure de formuler une réponse plausible, il se tourna sur le sofa, puis, avec l'autorité qu'on lui connaissait, affirma que la dernière averse, du reste décevante, était tombée le jour des Deux Moutons. Puis il se rendormit.

Ainsi, nous pouvons à présent dire que le jour du Tapis indien fut celui où, sans qu'il eût été précédé par l'habituel télégramme et suscitant donc un certain désarroi dans l'allègre communauté réunie autour de la table des petits-déjeuners, Comandini fit son apparition, sorti de nulle part, avec l'air d'avoir une information urgente à communiquer.

Que se passe-t-il, vous avez gagné au jeu, Comandini ? demanda le Père, d'un ton débonnaire.

Si seulement.

Et ils allèrent s'enfermer dans le bureau.

Où je les ai vus d'innombrables fois, durant ces nuits auxquelles j'ai déjà eu l'occasion de faire allusion, les disposant telles des pièces sur l'échiquier et disputant avec eux toutes les parties possibles, justement pour occuper mes pensées insomniaques qui, sans cela, me pousseraient à disposer sur ce même échiquier les pièces de ma vie actuelle, chose que je préfère éviter. D'eux, assis là chacun dans son fauteuil, rouge celui du Père et noir celui de Comandini, j'ai fini par connaître le moindre détail, à cause de ces nuits insomniaques — mais peut-être devrais-je parler de *matins* insomniaques, même si cela ne suffit pas vraiment à définir l'incertitude fatale que l'aurore inflige à ceux qui ne parviennent pas à dormir, tel un retard désastreux et sadique. Je connais donc chaque parole prononcée et chaque geste esquissé durant cette entrevue ; pour autant, jamais il ne me viendrait à l'esprit de les consigner ici dans leur totalité, car, tout le monde le sait, mon métier consiste précisément à voir tous les détails et à en choisir quelques-uns, comme on le fait quand on dessine une carte, sinon il s'agirait plutôt de photographier le monde, ce qui n'est sans doute pas inutile mais n'a rien à voir avec le geste de narrer. Qui consiste au contraire à choisir. Par conséquent, je jette volontiers par-dessus bord tout le reste de ce que je sais pour ne sauver que le mouvement par lequel Comandini s'installe mieux dans son fauteuil : il déplace son poids d'une fesse sur l'autre, puis, tout en se penchant à peine en avant, dit une chose qu'il craignait de dire et que, de fait, il ne dit pas à sa façon habituelle, à savoir avec une éloquence torrentielle et brillante, mais dans la courte respiration de quelques mots concis.

Il annonça que le Fils avait disparu.

Que voulez-vous dire? demanda le Père. Il le fit sans démonter encore le sourire que les quelques propos futiles échangés jusque-là à titre d'échauffement avaient posé sur son visage.

Nous ne sommes pas en mesure de savoir où il est, précisa Comandini.

C'est impossible, décida le Père, son sourire envolé.

Comandini ne bougea pas.

Ce n'est pas ce que je vous avais demandé, fit observer alors le Père, et Comandini connaissait exactement le sens de ces mots, car il se rappelait très bien le jour où, trois ans plus tôt, assis dans ce fauteuil tel un pion en f2, il avait écouté le Père lui donner quelques ordres courtois dont la substance était : veillons, avec une certaine discrétion, à garder un œil sur le Fils durant son séjour anglais et, si possible, à lui offrir également, de façon invisible, quelques occasions opportunes qui l'aideront à mesurer de lui-même la vanité d'un mariage à tel point dépourvu de perspectives et, au fond, de raisons solides, c'est-à-dire, en définitive, de bon sens. Il avait ajouté qu'un lien avec une famille anglaise, plus encore si celle-ci n'était pas étrangère à l'industrie textile, eût été souhaitable. En l'occurrence, Comandini s'était abstenu de discuter, mais il avait tenté de comprendre jusqu'où il lui serait loisible d'aller aux fins de détourner la destinée du Fils. Il avait en tête plusieurs degrés de violence dans le geste qui devrait bouleverser une vie et même deux. Le Père avait alors secoué la tête, comme pour chasser une tentation. Oh, rien de plus qu'un ferme accompagnement des événements, avait-il expliqué. Je trouverais assez élégant de laisser une petite chance à la Jeune Épouse, avait-il conclu. C'étaient là les derniers mots qu'il avait prononcés sur cette affaire. Dont il s'était ensuite presque tout à fait désintéressé pendant trois ans.

Pourtant, la marchandise continue de nous être livrée, objecta-t-il, songeant aux moutons et au reste.

Il a une série d'intermédiaires éparpillés sur le territoire anglais, précisa Comandini. J'ai fait mon enquête, mais ils ne savent pas grand-chose eux non plus. Ils ont reçu des ordres d'expédition, c'est tout. Le Fils, ils ne l'ont jamais vu, ils ne savent pas qui c'est. Il a payé d'avance et donné des indications précises, d'une méticulosité quasi maniaque.

Oui, ça lui ressemble.

Mais ça ne lui ressemble pas de disparaître de cette façon.

Le Père ne répondit rien. Ne serait-ce que pour des raisons médicales, c'était un homme qui ne pouvait pas se permettre la moindre source d'anxiété. De plus, il croyait fermement que les choses tendaient à se résoudre d'elles-mêmes. Toutefois, à ce moment-là, il perçut dans son âme un glissement qu'il avait rarement connu, pareil à une clairière qui s'ouvre grand, quelque part, dans l'épaisse forêt de la tranquillité. Alors il se leva de son fauteuil et resta quelques instants là, à attendre qu'un quelconque mécanisme réorganise tout en lui, comme cela se produisait d'habitude à la suite de certains désordres qui l'affectaient surtout après le déjeuner. Mais il n'en retira qu'un besoin, certes contrôlable, de péter, tandis que persistait cette sensation, qu'il arrivait à présent à cerner plus facilement et qu'il aurait pu résumer par l'idée absurde que le Fils avait disparu non pas en Angleterre, mais quelque part en lui, là où il y avait auparavant eu la solidité et où il avait maintenant le vide d'un silence. Cela ne lui sembla pas illogique, car si l'esprit du temps attribuait aux pères un rôle vague, distant et mesuré, ce n'est pas celui qu'il avait rempli, lui, avec ce Fils qu'il avait voulu contre tout bon sens et qui, pour des motifs dont il connaissait la moindre des nuances, *était la source de sa seule ambition*. Il lui parut donc sensé d'enregistrer le fait qu'avec la disparition de ce garçon il fût en train de disparaître un peu lui aussi : il pouvait y voir une minuscule hémorragie et, mystérieusement, il savait qu'elle augmenterait irrémédiablement s'il l'ignorait.

Quand l'a-t-on vu pour la dernière fois ? demanda-t-il.

Il y a huit jours à Newport. Il achetait un cutter.

Qu'est-ce?

Un petit bateau à voile.

Je suppose qu'on nous le déposera devant la grille d'entrée un jour prochain.

C'est possible.

Modesto ne sera pas content.

Il y a cependant une autre possibilité, risqua Comandini.

Laquelle?

Il pourrait s'en être servi afin de prendre la mer.

Lui?

Pourquoi pas? Si on lui prête une certaine volonté de disparaître…

Il déteste la mer.

Oui, mais…

*Une certaine volonté de disparaître?*

Le désir de se rendre introuvable.

Pourquoi diable un tel désir?

Je ne sais pas.

Plaît-il?

Je ne sais pas.

Le Père sentit une faille — une autre — s'ouvrir quelque part en lui. Soudain, il fut frappé par l'idée que Comandini pût *ignorer* quelque chose, car il devait à cet homme, au fond modeste mais merveilleusement pragmatique, la conviction qu'à toute question correspondait une réponse, parfois inexacte, mais bien réelle, et suffisante à éteindre tout éventuel et dangereux égarement. Stupéfait, il leva donc les yeux vers Comandini et lut sur son visage une expression qu'il ne connaissait pas. Il y eut alors un craquement dans son cœur de verre, un parfum douceâtre qui lui était familier, et il sut avec certitude qu'il avait commencé à mourir en cet instant précis.

Trouvez-le, dit-il.

Je cherche, monsieur. Du reste, il est fort possible que nous finissions un de ces jours par le voir se présenter à la porte dans toute sa splendeur, peut-être marié à une Anglaise à la peau de lait et aux jambes somptueuses, vous savez, car après s'être montré incapable de leur donner des nichons décents, le Créateur les a dotées de jambes incroyables.

C'était redevenu le Comandini de toujours. Le Père lui en fut reconnaissant.

Faites-moi la faveur de ne plus jamais employer ce mot, dit-il.

*Nichons*?

Non. *Disparaître*. Il ne me plaît pas. Il n'existe pas.

Il m'arrive souvent de m'en servir au sujet de mes économies.

Oui, je comprends. Mais lorsqu'on l'applique aux personnes, il me trouble. Les personnes ne disparaissent pas, à la limite elles meurent.

Ce n'est pas le cas de votre fils, j'en suis sûr.

Bien.

Je me sens tenu de vous l'assurer, ajouta Comandini avec une ombre d'hésitation.

Le Père lui sourit avec une gratitude infinie. Puis il fut saisi d'une inexplicable curiosité.

Comandini, savez-vous pourquoi vous perdez tout le temps au jeu? demanda-t-il.

J'ai plusieurs hypothèses en la matière.

Par exemple?

La plus émouvante, c'est un Turc, que j'ai vu perdre une île à Marrakech, qui me l'a soufflée.

Une île?

Une île grecque, me semble-t-il, qui appartenait à sa famille depuis des siècles.

Vous êtes en train de me dire qu'on peut miser *une île* à une table de poker.

En l'occurrence, il s'agissait de black jack. Quoi qu'il en soit, oui, on peut aussi miser une île, si l'on dispose du courage et de la poésie nécessaires. Lui les avait. Nous sommes rentrés ensemble à l'hôtel, c'était presque le matin, et j'avais également perdu une coquette somme. Mais nul n'aurait pu l'imaginer, nous marchions comme des princes et, sans nous le dire, nous nous sentions magnifiques, éternels. *L'élégance unique au monde de l'homme qui a tout perdu*, affirma le Turc.

Le Père sourit.

Vous perdez donc pour une question d'élégance? demanda-t-il.

Ce n'est qu'une hypothèse, je vous l'ai dit.

Y en a-t-il d'autres?

Beaucoup. Voulez-vous entendre la plus sérieuse?

J'en serais heureux.

Je perds parce que je joue mal.

Cette fois il rit, le Père.

Puis il décida qu'il mourrait sans hâte, méticuleusement, et que ce ne serait pas en vain.

À sept heures précises, la Mère l'attendait effectivement, occupée comme elle l'était d'ordinaire à ce moment-là, c'est-à-dire à perfectionner sa propre splendeur : elle ne pouvait affronter la nuit qu'en condition de *beauté*\* absolue — jamais elle n'aurait permis à la mort de la surprendre dans un état susceptible de décevoir ceux qui la découvriraient les premiers, prête pour les vers.

C'est ainsi que la Jeune Épouse la trouva, assise devant son miroir. Elle la vit telle qu'elle ne l'avait jamais vue, avec tout juste une très légère tunique en guise de vêtement, ses cheveux dénoués tombant sur les épaules et jusqu'aux hanches. Une très jeune fille, presque une enfant, les lui brossait, son geste se répétait toujours à la même vitesse et produisait chaque fois un reflet brun doré.

La Mère se tourna à peine, juste assez pour lui faire l'offrande d'un regard.

Ah, c'est vrai, dit-elle, c'est donc bien aujourd'hui. Je commençais à me demander si aujourd'hui n'était pas hier. C'est une chose qui m'arrive assez souvent, sans parler des fois où je suis sûre que c'est demain. Assieds-toi, mon ange. Tu voulais me parler ? Ah, elle, la petite, s'appelle Dolores. Je tiens à souligner qu'elle est

99

sourde-muette de naissance, ce sont les sœurs du Bon Conseil, Dieu les porte en Sa Gloire, qui l'ont dénichée. À présent, tu comprends pourquoi j'ai pour elles une dévotion qui peut parfois sembler excessive.

Le doute dut la saisir que son raisonnement pût apparaître insuffisamment clair, si bien qu'elle ajouta une rapide explication.

Eh bien, à l'évidence, on ne doit jamais se laisser coiffer par quelqu'un qui peut parler. Pourquoi ne t'assieds-tu pas ?

Si la Jeune Épouse ne s'asseyait pas, c'est parce qu'elle ne s'était rien imaginé de la sorte et que, pour le moment, elle n'avait guère d'idée en tête, seulement celle de quitter la pièce et de tout reprendre depuis le début. Elle serrait son livre sous le bras : elle s'était dit que ce serait une bonne façon d'aller droit au cœur du problème. Mais la Mère ne paraissait pas l'avoir remarqué. C'était étrange, car dans cette maison l'incongruité d'un être humain un livre à la main aurait dû sauter aux yeux de tous, au moins autant qu'une vieille dame venue réciter le rosaire munie d'une arbalète. Dans l'esprit de la Jeune Épouse, le plan consistait à entrer dans la pièce avec son *Don Quichotte* bien visible puis, profitant du laps de temps que la surprise présumée de la Mère lui fournirait, à prononcer la phrase suivante : *Il ne peut faire de mal à personne, il est magnifique et je n'aimerais pas rester dans cette maison sans pouvoir dire à personne que je le lis chaque jour. Puis-je vous le dire à vous ?*

Ce n'était pas un mauvais plan.

Mais à présent la Mère était comme une apparition, et la Jeune Épouse eut le sentiment qu'une question bien plus urgente à régler flottait dans cette pièce.

Alors elle s'assit. Elle posa *Don Quichotte* par terre et s'assit.

La Mère fit pivoter sa chaise pour mieux la voir et Dolores se déplaça en même temps qu'elle, adoptant une position dans laquelle poursuivre son geste patient. Elle n'était pas seulement sourde-muette, elle était proche de l'invisibilité. La Mère semblait avoir avec elle le même rapport qu'elle aurait pu entretenir avec un châle jeté sur ses épaules.

Oui, dit-elle, tu n'es pas vilaine, il a dû t'arriver quelque chose. Il y a quelques années, tu étais franchement impossible à regarder, tu vas sûrement m'expliquer ce qui pouvait bien te passer par la tête ou ce que tu voulais obtenir en t'abîmant de cette manière, avec cette impertinence immotivée à l'égard du monde. Une impertinence à éviter, crois-moi, un gâchis bien inutile... Mais il n'y a pas de richesse sans gâchis, dit-on, cela ne vaut donc pas la peine de... Quoi qu'il en soit, ce que je veux dire, c'est que tu n'es pas vilaine, pas vilaine du tout, et à présent j'imagine qu'il s'agirait de devenir belle, d'une certaine façon. Tu as bien dû y penser, je suppose. Tu ne voudrais pas rester toute ta vie dans cet état, on dirait le bouillon qu'on sert à l'hôpital... Tu as dix-huit ans, Dieu du Ciel. Tu as dix-huit

ans, n'est-ce pas? Oui, tu les as. Eh bien franchement, à cet âge-là, on ne peut pas être *véritable-
ment* belle, mais il n'en est pas moins obligatoire
d'être *scandaleusement désirable*, cela ne devrait
faire aucun doute, et je me demande maintenant
si tu es scandaleusement adorable, mais peut-être
avais-je dit *désirable*, oui, j'ai probablement dit
*désirable*, c'est plus juste. Alors je me demande…
Lève-toi un instant, mon ange, fais-moi ce plaisir. Voilà, merci, rassieds-toi donc, c'est clair, la
réponse est non, tu n'es pas scandaleusement
désirable, je regrette de te le dire, je regrette
beaucoup de choses, d'ailleurs, tu as certainement remarqué combien de choses on regrette
si seulement on… Mais la Terre ne doit pas être
différente vue de la Lune, qu'en penses-tu? Moi,
je le pense, j'ai tendance à le penser et, pour
cette raison aussi, je ne crois pas qu'il faille…
*désespérer* est peut-être un mot trop fort… *s'attrister*, c'est ça, il ne faut en aucun cas s'attrister, je
ne voudrais pas te voir attristée, ce n'est rien du
tout, en définitive il ne s'agit que d'une décision,
vois-tu, tu devrais te rendre à cette idée et cesser d'opposer une telle résistance, je crois que
tu devrais *décider d'être belle*, voilà tout, peut-être
sans trop attendre, car le Fils arrive et si j'étais
toi, je me dépêcherais, il est tout à fait capable
d'apparaître d'un instant à l'autre, il ne pourra
pas continuer éternellement à expédier moutons et roues dentées… même si je songe maintenant que tu étais peut-être venue me parler de
quelque chose, à moins que je ne te confonde

avec une autre, il y a tant de gens qui veulent quelque chose, le nombre de gens qui attendent quelque chose de nous est étrangement… es-tu venue me demander quelque chose, mon ange?

Oui.

Et quoi donc?

Comment on fait.

Comment on fait quoi?

Pour être belle.

Ah.

Elle tendit un peigne à Dolores comme elle aurait rajusté le châle qui avait glissé de son épaule. L'enfant le prit et s'en servit pour continuer son œuvre. Sans doute les dents du peigne étaient-elles alignées de façon millimétrique, ce qui, durant cette phase de l'opération, devait être d'une nécessité avérée. Et peut-être le matériau qui le composait avait-il son importance. De la corne.

En général, cela prend plusieurs années, répondit la Mère.

Il semble que je sois assez pressée, observa la Jeune Épouse.

Indubitablement.

J'apprends vite.

Je ne sais pas. C'est possible. Tu veux bien relever tes cheveux? lui demanda la Mère. Enroulés, sur la nuque.

La Jeune Épouse obéit.

Qu'est-ce que c'est que ça? s'indigna la Mère.

J'ai relevé mes cheveux.

Justement.

C'est ce que je devais faire.

On n'enroule pas ses cheveux sur sa nuque pour enrouler de stupides cheveux sur une stupide nuque.

Non ?

Réessaie.

La Jeune Épouse réessaya.

Mon ange, tu me regardes ? Regarde-moi. Alors : si on relève ses cheveux et qu'on les enroule sur sa nuque, c'est uniquement afin de couper le souffle à quiconque est dans les parages à ce moment-là, en rappelant par la seule force de ce geste que quoi qu'ils fassent à ce moment-là, ceux qui sont dans les parages, c'est terriblement déplacé, car ainsi qu'ils s'en sont souvenus à l'instant précis où ils t'ont vue enrouler tes cheveux sur ta nuque, il n'y a qu'une chose qu'ils désirent vraiment faire dans la vie : baiser.

Vraiment ?

Bien sûr. Ils ne désirent rien d'autre.

Non, je veux dire : vraiment, on relève ses cheveux afin de…

Mon Dieu, tu peux certainement le faire comme si tu nouais tes lacets, nombreuses sont celles qui le font, mais nous parlons d'autre chose, tu ne crois pas ? D'être belle.

Oui.

Bien.

La Jeune Épouse libéra alors ses cheveux, resta quelques instants silencieuse, puis les reprit entre ses mains et, lentement, les releva, les enroula sur sa nuque et les attacha en faisant un nœud lâche, puis elle conclut son geste en glissant derrière les oreilles les deux mèches qui avaient échappé à l'opération de chaque côté de son visage. Enfin elle posa les mains dans son giron.

Mais…

Ai-je oublié quelque chose?

Tu as un dos, non? Alors sers-t'en.

Quand?

Tout le temps. Recommence depuis le début.

La Jeune Épouse inclina un peu la tête en avant et approcha les mains de sa nuque afin de détacher ses cheveux qu'elle venait d'attacher.

Arrête-toi. Ta nuque te démange, peut-être?

Non.

C'est étrange. Généralement, quand on baisse la nuque, c'est pour se la gratter.

Et donc?

Tête légèrement penchée en arrière, je te prie. Comme ça, c'est bien. Maintenant, tu dois la secouer une ou deux fois avec délicatesse, pendant que tes mains vont défaire le nœud, ce qui t'obligera inévitablement à te cambrer. Pour n'importe quel mâle, cela ressemblera à une sorte d'annonce, voire de promesse. Ne bouge plus. Tu sens ton dos?

Oui.

Maintenant, pose les mains sur ton front et rassemble soigneusement tous tes cheveux, plus soigneusement qu'il ne serait nécessaire. Puis rejette la tête en arrière et, tout en passant les mains sur ta tête, va les saisir à la hauteur de la nuque pour qu'ils retombent bien. Plus tu iras les saisir loin, plus ton dos se cambrera et meilleure sera ta position.

Comme ça ?

Encore.

Ça fait mal.

Balivernes. Plus les bras vont en arrière, plus la poitrine est tendue vers l'avant et plus le dos se cambre. C'est ça, oui, lève les yeux. Ne bouge plus. Tu peux voir ?

Avec les yeux vers le haut…

Tu peux sentir, je veux dire : tu la sens, la position dans laquelle tu es ?

Oui, je crois.

Ce n'est pas n'importe quelle position.

Elle n'est guère confortable.

C'est la position dans laquelle la femme jouit, suivant le sage fantasme des hommes.

Ah.

À partir de là, tout est simple. Ne lésine pas sur les rotations du cou et retourne aux cheveux, attache-les comme tu veux. C'est très simple, comme si tu avais entrouvert ta chemise de nuit avant de la refermer. Une chemise de nuit sans rien dessous, bien sûr.

La Jeune Épouse referma sa chemise de nuit avec une certaine délicatesse.

N'oublie pas de toujours laisser quelques cheveux échapper à l'opération : les remettre en place au dernier moment en quelques gestes légèrement imprécis ajoute une touche enfantine qui les rassure. Les hommes, pas les cheveux. Voilà, très bien, tu es douée pour ça.

Merci.

Maintenant, recommence.

Depuis le début?

Il faudrait le faire non pas comme si tu devais soulever un buffet de cuisine, mais tel le geste que tu fais le plus volontiers au monde. Ça ne peut pas vraiment fonctionner si tu n'es pas la première que cela excite.

Moi?

Tu sais de quoi nous parlons, n'est-ce pas?

Je crois, oui.

Être excitée. J'espère que ça t'est déjà arrivé.

Pas en me coiffant.

C'est justement l'erreur que nous tentons de réparer.

Exact.

Prête?

Je n'en suis pas sûre.

Peut-être qu'une petite révision t'aidera.

C'est-à-dire?

La Mère fit un geste imperceptible : Dolores arrêta alors le peigne et recula de deux pas. Si, auparavant, elle avait été proche de l'invisibilité, à cet instant elle sembla disparaître tout à fait. La Mère poussa un petit soupir puis, avec naturel, elle releva ses cheveux et les enroula lentement sur sa nuque, et le temps que dura ce geste parut à la Jeune Épouse incroyablement dilaté. Elle eut la déraisonnable impression que la Mère s'était dévêtue pour elle et qu'elle l'avait fait durant un laps de temps mystérieux, assez long pour provoquer le désir, mais assez court pour ne pas lui rester en mémoire. C'était comme de l'avoir vue nue pour l'éternité et de ne l'avoir jamais vue.

Bien sûr, l'effet est encore plus dévastateur si, en exécutant l'opération, on a la bonne idée de parler de sujets futiles, ajouta la Mère. L'affinage du saucisson, par exemple, le décès d'un parent ou l'état des routes de campagne. Il ne faut pas donner le sentiment de faire un effort, tu comprends ?

Oui.

Bien. À toi.

Je ne suis pas sûre que…

Balivernes. Fais-le et c'est tout.

Une seconde…

Fais-le. Dis-toi que tu as dix-huit ans et que tu as gagné avant même de commencer. Ils ont envie de toi depuis au moins trois ans, il s'agit juste de le leur rappeler.

Bien.

La Jeune Épouse songea qu'elle avait dix-huit ans, qu'elle avait gagné avant même de commencer, qu'ils avaient envie d'elle depuis au moins trois ans et qu'elle avait complètement oublié de quoi parlait *Don Quichotte*. Un instant passa, curieusement dilaté, et pour finir elle était là, les cheveux enroulés sur la nuque, le menton légèrement relevé et un regard qu'elle ne se rappelait pas avoir jamais eu auparavant.

La Mère resta muette pendant un long moment. Elle l'examinait.

Elle pensait au Fils, à ce long silence et à ses mots : *sa bouche.*

Puis elle pencha d'un rien la tête pour mieux voir.

La Jeune Épouse était immobile.

Sa bouche entrouverte.

Ça t'a plu? lui demanda la Mère.

Oui.

Maintenant, il s'agit de comprendre *à quel point* ça t'a plu.

Existe-t-il un moyen de le savoir?

Oui. Si ça t'a *vraiment* plu, à présent tu as très envie de faire l'amour.

La Jeune Épouse s'efforça de trouver une réponse quelque part en elle.

Alors? demanda la Mère.

Oui, je pense.

Tu penses?

Oui, j'ai très envie de faire l'amour.

La Mère sourit. Puis elle fit un imperceptible mouvement des épaules, qu'elle haussa à peine.

Elle avait dû esquisser un geste invisible dans un moment invisible, car il n'y avait plus trace de Dolores dans la pièce, une porte tout aussi invisible avait dû l'avaler.

Alors viens par ici, dit la Mère.

La Jeune Épouse s'approcha et s'arrêta, debout devant elle. La Mère glissa une main sous sa jupe, écarta à peine sa petite culotte et lentement, d'un doigt, entrouvrit son sexe.

Oui, confirma-t-elle. Tu en as envie.

Puis elle retira sa main et posa le doigt sur les

lèvres de la Jeune Épouse, tout en repensant à ce que lui avait dit le Fils si longtemps auparavant. Elle fit glisser le doigt sur les lèvres de la Jeune Épouse et l'introduisit entre elles jusqu'à toucher sa langue.

C'est ta saveur, dit-elle. Apprends à la reconnaître.

La Jeune Épouse le lécha à peine.

Non. Goûte-la.

La Jeune Épouse la goûta et la Mère commença à comprendre ce qu'avait voulu dire son Fils, cette fois-là. Elle retira le doigt comme si elle s'était brûlée.

Maintenant, fais la même chose, dit-elle.

La Jeune Épouse n'était pas sûre de comprendre. Elle glissa la main sous sa jupe.

Non, l'interrompit la Mère.

Cette fois, la Jeune Épouse comprit. Elle dut se pencher un peu pour glisser la main sous la chemise de nuit de la Mère, si longue qu'elle touchait presque le sol. La Mère écarta d'un rien les cuisses et la Jeune Épouse remonta en suivant la peau. Elle trouva le sexe sans rien rencontrer d'autre, le trouva sous ses doigts qu'elle bougea légèrement, puis elle retira la main. Elle l'examina. Ses doigts luisaient. La Mère fit un geste et elle obéit, elle fit glisser ces doigts entre ses lèvres et les suça lentement.

La Mère la laissa faire, avant de dire :

Fais-moi goûter.

Elle se pencha un peu, ne ferma pas les yeux et alla embrasser cette bouche, parce qu'elle en

110

avait envie et que jamais elle ne négligerait la moindre occasion de percer le mystère qu'était ce Fils tant aimé. Avec la langue, elle alla récupérer deux choses qui lui appartenaient et qui provenaient de son giron.

Elle s'écarta un instant.

Oui, dit-elle.

Puis, avec la langue, elle entrouvrit de nouveau les lèvres de la Jeune Épouse.

Aujourd'hui, des années après et maintenant que la Mère n'est plus là, je m'étonne encore de la lucidité avec laquelle elle a agi. Je veux dire : dans la journée, elle était formidable, avec ses divagations, la façon dont elle se perdait elle-même, ses propos délirants et ses raisonnements sibyllins. Mais dans la netteté imprécise du souvenir, je comprends que dès l'instant où nous avons ne serait-ce qu'*abordé* la question de la beauté, tout en elle avait changé, pour aller vers une maîtrise absolue qui partait des mots avant de contaminer ses gestes. Lorsque, à un certain moment de la nuit, je le lui dis, elle cessa un instant de me caresser et murmura : L'albatros *de Baudelaire. Lis-le, puisque tu lis*, et ce n'est que longtemps après, quand je le lus effectivement, que je compris que cette femme était un animal solennel, qui voletait dans son corps et dans celui des autres, un oiseau maladroit en toute autre circonstance — c'était là sa beauté. Je me rappelle avoir rougi quand elle me dit cette phrase, car je nous sentis mis à nu, mon *Don Quichotte* et moi, et donc je rougis, dans la

111

quasi-obscurité de la pièce, aujourd'hui encore cela me semble absurde de rougir à cause d'un livre, tandis qu'une femme plus âgée que je connaissais à peine léchait ma peau et que je la laissais faire, sans rougir et sans la moindre honte. Elle me dépouilla de toute honte, c'est cela. Pendant tout ce temps, elle parla, elle guidait mes mains, bougeait les siennes et me parla lentement, au rythme qu'avait sa bouche quand elle la passait sur mon corps ou à celui qu'elle avait pour me parler, un rythme que j'ai par la suite cherché chez tous mes amants, mais sans jamais le retrouver. Souvent, l'amour n'avait rien à voir avec ça, m'expliqua-t-elle, ou du moins il était rare qu'il eût quelque chose à y voir, d'après ce qu'elle en savait. C'était plutôt une chose animale, qui relevait du salut des corps. Si on évite de donner une connotation trop sentimentale à ce qu'on fait, dit-elle, alors chaque détail devient un secret à extorquer, chaque recoin du corps un appel irrésistible. Je me rappelle que pendant tout ce temps, jamais elle ne cessa de me parler du corps des hommes, de leur façon primitive de désirer, afin que cela m'apparaisse clairement : je pouvais certes trouver délicieuse la manière dont nos corps symétriques se mêlaient, mais ce qu'elle voulait m'offrir n'était qu'une fiction, qui m'aiderait le moment venu à ne rien perdre de ce que le corps d'un homme pouvait me donner. Elle m'enseigna qu'il ne fallait pas craindre les odeurs et les goûts — ils sont le sel de la terre —, et elle m'expliqua que les visages changent pendant l'amour, les traits changent, il serait dommage de ne pas le comprendre. Car lorsqu'un homme est en toi et que tu t'agites sur lui, tu peux lire toute sa vie sur son visage, de l'enfant jusqu'au vieillard moribond, c'est un livre qu'en pareil moment il ne peut pas refermer. D'elle, j'ai appris à commencer par lécher, contre toute règle de savoir-vivre amoureux, car c'est un geste servile et généreux, un geste d'asservissement et de possession, indigne et courageux — Et je ne veux pas dire que tu doives aussitôt lécher son sexe, soulignait-elle. C'est sa peau que tu dois lécher, les mains, les paupières, la gorge. Ne pense pas que c'est une humiliation, tu dois le faire telle une reine, une reine animale. Elle m'expliqua qu'on ne devait pas avoir peur de parler en faisant l'amour, car la voix que nous avons alors est ce qu'il y a de plus secret en nous, et les mots dont nous sommes capables sont la seule nudité complète, scandaleuse et définitive dont nous disposons. Elle me dit de ne pas feindre, jamais, car c'est juste fatigant — elle ajouta qu'on peut tout faire, dans tous les cas bien plus qu'on ne pensait être disposé à risquer, mais que la vulgarité existe et qu'elle tue le plaisir, et elle insista beaucoup pour que je la tienne à distance. De temps en temps, pendant qu'ils font l'amour, les hommes ferment les yeux et sourient, me dit-elle. Aime ces hommes-là. De temps en temps, ils ouvrent les bras et se rendent. Aime ceux-là aussi. N'aime pas ceux qui pleurent quand ils baisent, garde-toi de ceux qui se déshabillent seuls, la première fois — les déshabiller est un plaisir qui te revient de droit. Elle parlait sans s'arrêter un seul instant, et quelque chose dans son corps me cherchait inlassablement, car faire l'amour est une tentative incessante de trouver une position dans laquelle se perdre en l'autre, m'expliqua-t-elle, une position qui n'existe pas, alors que sa recherche existe, elle, et que savoir chercher est un art. Parfois elle me faisait mal, avec les dents, avec les mains, elle serrait, mordait ou mettait dans ses gestes une force presque mauvaise, jusqu'à ce qu'elle décide de me dire qu'elle ne savait pas pourquoi, mais que ça aussi, ç'avait un rapport avec le plaisir, il ne fallait donc pas avoir peur de mordre, de serrer ou d'employer la force, même si le secret consistait à savoir le faire de façon transparente et lisible, afin qu'il comprenne que tu sais ce que tu fais, et que tu le fais pour lui. Elle m'apprit que seuls les idiots font l'amour pour jouir. Tu sais ce que c'est, jouir, n'est-ce pas? me demanda-t-elle. J'ignore pourquoi, je lui parlai de la Fille et lui racontai tout. Elle sourit. Je vois que nous sommes passées aux confidences, observa-t-elle. Elle me dit alors que pendant des années, elle avait rendu les hommes fous en refusant de jouir quand elle faisait l'amour avec eux. À un certain moment, elle s'écartait, se recroquevillait dans un coin du lit et se faisait jouir seule en se caressant. Ils perdaient la tête, poursuivit-elle. Je me rappelle que j'invitais certains à en faire autant. Quand je sentais une sorte de lassitude finale, je m'écartais d'eux et je leur disais : Caresse-toi. Fais-le. C'est beau de les voir jouir face à soi, sans même devoir les toucher. Une fois, une seule, dit-elle, j'étais avec un homme qui me plaisait tellement qu'à la fin, sans même nous le demander, nous nous sommes séparés l'un de l'autre et, en nous regardant, de loin mais pas trop, nous nous sommes caressés, chacun pour soi et en nous regardant, jusqu'à jouir. Mais après, elle resta longuement silencieuse, elle prit ma tête entre ses mains et la poussa là où elle voulait sentir ma bouche, sur sa gorge puis plus bas, partout où elle aimait ça. C'est une des rares choses que je me rappelle distinctement dans l'ordre exact, car à présent, tandis que je le laisse remonter de ma mémoire, le reste de la nuit me fait l'effet d'un lac sans début ni fin, où chaque reflet est encore là, brillant, mais dont la rive est perdue, la brise illisible. Je sais pourtant qu'avant ce lac je n'avais pas de mains, et que jamais je n'avais respiré de cette façon, avec quelqu'un d'autre, ni noyé mon corps dans une autre peau que la mienne. Je peux me rappeler l'instant où elle posa une main sur mes yeux et me demanda d'écarter les jambes, et j'ai revu souvent, dans les circonstances les plus insolites, le geste avec lequel elle glissait de temps en temps sa main entre son sexe et ma bouche pour interrompre une chose que j'ignorais : elle réservait sa paume à ma bouche et son revers à son sexe. Je dois à cette nuit toute l'innocence que j'ai par la suite mise dans de nombreux gestes d'amour, afin d'en sortir propre, et je dois à cette femme la certitude que le sexe triste est le seul gâchis qui nous rende pires que nous sommes. Elle était lente à agir, enfantine et solennelle, magnifique quand elle riait de plaisir, et désirable dans chacun de ses désirs. Je ne conserve plus dans ma mémoire fatiguée les mots qu'elle me dit en dernier, et je le regrette. Je me rappelle que je m'endormis sur ses cheveux.

Plusieurs heures après, on entendit les portes de la chambre s'ouvrir et la voix de Modesto qui scandait *Bonjour, chaleur écrasante et humidité désagréable.* Dans ces moments-là, il avait un regard d'aveugle dans lequel était gravée une capacité hors du commun de tout voir sans rien se remémorer.

Eh bien, dit la Mère. Cette nuit encore, on s'en est tirés. J'y comptais bien. L'offrande d'un nouveau jour : ne la laissons pas filer — de fait, elle avait déjà bondi du lit et, sans même un regard dans le miroir, elle était partie vers la salle des petits-déjeuners, en annonçant à voix haute, j'ignore à qui, que la moisson avait dû commencer, car depuis quelques jours elle se réveillait avec une soif injustifiée et fort agaçante (en effet, nombre de ses raisonnements étaient plutôt sibyllins). Moi qui ne craignais pas la nuit, je restai couchée, puis je me glissai très lentement hors des draps. Pour la première fois de ma vie, j'avais l'impression de me déplacer dans un corps doté de hanches, de jambes, de doigts, d'odeurs, de lèvres et de peau. Je passai menta-

lement en revue les consignes que m'avait don-
nées ma grand-mère et notai que, si l'on voulait
absolument chipoter, il me manquait encore la
malice et l'agilité du ventre, quoi qu'elle eût
signifié par là. On trouverait bien le moyen
d'apprendre cela aussi. Je jetai un coup d'œil
dans le miroir, moi, et d'après ce que je vis, je
compris enfin, avec une certitude absolue, que
le Fils reviendrait. Aujourd'hui, je sais que je ne
me trompais pas, mais aussi que la vie dispose de
moyens fort élaborés pour nous donner raison.

Descendre dans la salle des petits-déjeuners fut une chose étrange, car pas un matin
jusqu'alors je ne m'y étais présentée *avec un
corps*, et il me sembla fort imprudent, et même
absurde, de le transporter à table directement
depuis la nuit, tel qu'il était, tout juste gardé
par une nuisette dont je ne mesurai que maintenant la hauteur sur la cuisse et l'échancrure
sur le devant quand je me penchais — des
informations que je n'avais jamais eu aucune
raison d'enregistrer. L'odeur sur mes doigts, la
saveur dans ma bouche. Mais c'était ainsi, on faisait ainsi, et nous étions tous fous, d'une folie
heureuse.

La Fille apparut, elle souriait et courait presque
en traînant la jambe, mais elle s'en fichait et vint
droit sur moi. Je l'avais oubliée, la Fille : mon lit
vide, elle seule dans la chambre, je n'y avais pas
pensé, même de loin. Elle me serra dans ses bras.
J'allais lui dire quelque chose, mais elle secoua
la tête, toujours en souriant. Je ne veux rien

savoir, dit-elle. Puis elle m'embrassa à peine, sur la bouche.

Ce soir, tu m'accompagneras jusqu'au lac, je dois te montrer quelque chose.

Nous y allâmes vraiment, au lac, dans une lumière basse de fin d'après-midi, en coupant à travers les vergers pour gagner du temps et arriver à la bonne heure, heure que la Fille connaissait très précisément — c'était *son* lac. Il était difficile de comprendre comment cette rustre campagne l'avait fait couler dans son giron, mais toujours est-il que, lorsqu'elle l'avait fait, elle avait très bien fait et une fois pour toutes : l'eau était donc inexplicablement claire, immobile, glacée et magiquement indifférente aux saisons. Il ne gelait pas en hiver, ne s'asséchait pas en été. C'était un lac illogique, et peut-être est-ce pour cette raison que personne n'avait jamais su lui donner un nom. Aux étrangers, les vieux disaient qu'il n'existait pas.

Elles coupèrent à travers les vergers, ce qui leur permit d'arriver juste à temps — elles s'allongèrent alors sur la rive et la Fille dit : Ne bouge pas, puis elle dit : Ils arrivent. Et en effet, sortis de nulle part, des oisillons au ventre jaune vinrent vers elles un par un, on aurait dit des hirondelles, mais leurs mouvements étaient inconnus et ils avaient dans les plumes le reflet d'autres horizons. Maintenant, ne fais pas de bruit et écoute, lui ordonna la Fille. Les oiseaux sillonnaient le lac d'un vol paisible, à quelques dizaines de centimètres au-dessus de l'eau. Puis, d'un coup, ils perdaient de l'altitude et très vite venaient frôler la surface : là, en une fraction de seconde, ils avalaient au passage un insecte qui avait élu domicile ou cherchait du réconfort sur la croûte humide du lac. Ils faisaient ce geste avec une aisance divine et, en le faisant, ils frottaient l'espace d'un instant leur ventre jaune contre la surface : dans le silence absolu de la campagne hébétée de chaleur, on entendait un court bruissement cristallin, les ailes qui jouaient au fil de l'eau. C'est le plus beau son du monde, affirma la Fille, qui attendit et laissa passer un oiseau après l'autre. Puis elle répéta : Le plus beau son du monde. Un jour, poursuivit-elle, l'Oncle m'a dit que chez les hommes, beaucoup de choses ne sont compréhensibles que si l'on se rappelle qu'ils seraient incapables de produire un tel son — la légèreté, la rapidité, la grâce. Et donc, m'expliqua-t-elle, il ne faut pas attendre d'eux qu'ils soient des prédateurs élégants, mais simplement les prendre tels qu'ils sont, comme des prédateurs imparfaits.

La Jeune Épouse resta un moment sans rien dire, à écouter le son le plus beau du monde, puis elle se tourna vers la Fille.

Tu parles sans cesse de l'Oncle, tu t'en rends compte ? lui demanda-t-elle.

Je sais.

Il te plaît.

Bien sûr. C'est lui que j'épouserai.

La Jeune Épouse éclata de rire.

Moins fort. Sinon ils vont filer, la gronda la Fille, agacée.

La Jeune Épouse rentra la tête entre les épaules et parla plus bas.

Tu es folle : c'est ton oncle, on ne peut pas épouser son oncle. C'est une chose idiote et, surtout, interdite. Ils ne te laisseraient pas faire.

Qui veux-tu que je choisisse, éclopée comme je suis ?

Tu plaisantes. Tu es magnifique, tu…

D'ailleurs, ce n'est pas mon oncle.

Hein ?

Ce n'est pas mon oncle.

Bien sûr que si.

Qui te l'a dit ?

Tout le monde le sait. Vous l'appelez Oncle : c'est ton oncle.

Je t'assure que non.

Tu veux dire que cet homme…

Tu vas la boucler un peu ? Si on ne les regarde pas, ils vont arrêter de le faire.

Elles se reconcentrèrent donc sur les oiseaux à plumes jaunes, qui étaient venus de loin pour faire cette musique à la surface de l'eau. C'était étonnant, la quantité de détails réunis au même instant, avec pour résultat une telle perfection : si la surface du lac avait été à peine flétrie ou si d'autres insectes plus malins étaient venus compliquer le vol des oiseaux, tout n'aurait pas filé si bien, et sans le silence, certes magnifique, de cette rustre campagne, tout son aurait été perdu. Mais aucun détail n'avait déserté ni pris du retard en cours de route, aucun n'avait cessé de croire à sa propre minuscule nécessité, car à chaque frôlement de plumes jaunes à la surface de l'eau, on assistait au spectacle d'un progrès accompli par la Création. Ou, si l'on veut, c'était l'envers magique d'une Création qui n'aurait pas eu lieu, c'est-à-dire un détail qui aurait échappé à la genèse du reste fortuite des choses, une exception au désordre et à l'absurdité du tout. Dans tous les cas, un miracle.

Elles le laissèrent passer. La Fille fascinée, la Jeune Épouse attentive, même si cette histoire d'Oncle traînait encore dans son esprit. L'élégance du coucher de soleil leur échappa à toutes les deux — une circonstance qui se produit rarement, comme on l'aura noté : car il n'est rien ou presque qui puisse nous distraire d'un coucher de soleil une fois qu'on l'a sous les yeux. Moi, ça ne m'est arrivé qu'une fois, pour autant que je me souvienne, et c'était dû à la présence à mes côtés d'une personne bien particulière, mais ç'a été la seule — de fait, c'était quelqu'un d'inimitable. Normalement, ça n'arrive pas — mais cela arriva à la Fille et à la Jeune Épouse, qui avaient sous les yeux un coucher de soleil d'une certaine élégance et ne le virent pas, car elles étaient en train d'écouter le plus beau son du monde se répéter, immuable, à maintes reprises, puis une dernière fois, nullement différent. Les oiseaux à plumes jaunes disparurent dans un lointain dont eux seuls détenaient le secret, la campagne retrouva sa banalité et le lac muet redevint tel qu'auparavant. C'est seulement alors que la Fille, toujours allongée et les yeux fixant la surface de l'eau, se mit à parler et raconta qu'un jour, en hiver, bien des années plus tôt, le Fils et elle s'étaient perdus. Il avait sept ans, elle cinq. Nous étions des enfants, dit-elle. Nous allions par la campagne, nous le faisions souvent, c'était notre monde à nous. Mais nous nous sommes aventurés trop loin, ou je ne sais pas, nous avons suivi quelque chose, je ne me rappelle pas — peut-être une illusion, ou un pressentiment. La nuit est tombée et, avec la nuit, le brouillard est apparu. Nous nous en sommes aperçus trop tard, il était impossible de reconnaître quoi que ce soit et le chemin du retour avait été dévoré par un mur dont nous ne souvenions pas. Le Fils avait peur et moi aussi. Nous avons marché longtemps, en essayant de garder la même direction, et nous pleurions tous les deux, mais en silence. Puis il nous a semblé entendre un son à travers le brouillard et le Fils a cessé de pleurer, il a retrouvé une voix ferme. Allons par là, il a dit. On ne voyait pas où on mettait les pieds, parfois la terre était dure, glacée, parfois il y avait des fossés ou de la boue, mais nous avons continué à avancer en suivant le bruit, qui nous paraissait de plus en plus proche. À la fin, nous avons constaté que c'était la roue d'un moulin, il était dans un sale état, ses ailes passaient dans une sorte de canal et la roue avait du mal à tourner, elle se cognait partout, c'est ce qui faisait ce bruit. Devant, il y avait une voiture à l'arrêt. Jusqu'alors, nous n'en avions pas vu beaucoup, des automobiles, mais nous savions ce que c'était, notre père en avait une. Un homme était au volant, il dormait. J'ai dit quelque chose, le Fils ne savait pas quoi faire, nous nous sommes approchés. J'ai dit qu'il valait mieux partir, et le Fils a rétorqué : Boucle-la, puis il a ajouté : On ne le retrouvera jamais, le chemin de la maison, tandis que l'homme, lui, dormait. Nous parlions tout bas pour ne pas le réveiller, mais en haussant par moments le ton, car nous nous disputions, nous avions peur. L'homme a ouvert les yeux et nous a regardés. Montez, il a dit, je vous raccompagne chez vous.

Quand la porte de la maison s'est ouverte, la Mère a aussitôt hurlé quelque chose d'absurde, mais aussi de très joyeux. Le Père s'est dirigé vers cet homme afin qu'il lui explique tout. Pour finir, il lui a serré la main ou l'a pris dans ses bras, je ne me rappelle pas, et il lui a demandé si nous pouvions faire quelque chose pour lui. Oui, a répondu l'autre. Je suis très fatigué, ça vous embête si je m'installe ici un moment, histoire de dormir un peu ? Après, je m'en irai. Sans attendre la réponse, il s'est allongé sur le divan et s'est assoupi. Depuis ce jour, il n'est jamais reparti, car il doit encore finir de dormir, et ce serait terriblement triste de le voir s'en aller. C'est le Fils qui, le premier, l'a appelé Oncle, quelques jours plus tard. Et il est resté l'Oncle pour toujours.

La Jeune Épouse prit quelques secondes pour réfléchir.

Vous ne savez même pas qui il est, fit-elle observer.

Non. Mais quand il m'épousera, il me racontera tout.

N'y aurait-il pas lieu de se le faire raconter avant puis, le cas échéant, de l'épouser ?

J'ai essayé.

Et lui ?

Il a continué à dormir.

Du reste, c'est plus ou moins ce que j'ai continué à faire moi aussi quand, dans un intolérable accès de truisme, le docteur m'a informé que le cœur du problème était mon incapacité à comprendre qui je suis. Comme je ne réagissais pas, le docteur a réitéré son truisme, espérant peut-être que je dirais quelque chose, que j'explique par exemple qui j'étais ou que j'admette au contraire ne pas en avoir la moindre idée. Mais ce que j'ai fait, en définitive, ç'a été de continuer à somnoler pendant un moment. Puis je me suis levé et me suis péniblement dirigé vers la porte, en annonçant que notre collaboration se concluait là. Je me rappelle avoir employé ces termes précis, qui me semblent à présent quelque peu formels. Alors il a éclaté de rire, lui, mais d'un rire forcé, sans doute conseillé par les manuels, une chose étudiée dans les livres qui m'a paru si insupportable qu'elle m'a poussé à faire un geste inattendu — pour le docteur comme pour moi —, à savoir empoigner le premier objet qui m'est tombé sous la main — une pendule de table, raisonnablement petite mais dotée d'un certain poids et d'une certaine consistance — avant de l'abattre sur le docteur, que je frappai en pleine épaule — et non sur la tête, comme l'ont écrit à tort les journaux — avec pour effet de lui faire perdre les sens, de douleur ou de surprise, ce n'est pas clair. Il est tout aussi faux de prétendre que je me suis ensuite acharné sur le docteur à coups de pied, comme un journal qui me déteste depuis des années l'a affirmé — ou, du moins, je ne me rappelle pas l'avoir fait. Se sont ensuivis plusieurs jours extrêmement déplaisants, durant lesquels j'ai refusé de faire la moindre déclaration, supporté toutes sortes de commérages insupportables et fait l'objet, sans curiosité particulière de ma part, d'une plainte pour coups et blessures. De façon compréhensible, je vis depuis lors enfermé chez moi, limitant mes sorties au strict nécessaire et sombrant peu à peu dans une solitude qui me consterne et, dans le même temps, me protège.

À en croire les photos que mon avocat m'a envoyées, il semble que je l'aie vraiment frappé à la tête, le docteur. Bien visé.

Puis elles rentrèrent alors que la nuit était déjà en route, la Fille de son pas cubiste, la Jeune Épouse avec dans la tête certaines de ses pensées, vagues.

Ils firent mine de ne pas s'en apercevoir, mais la réalité, c'était que les livraisons avaient commencé à s'espacer, leur rythme ne semblait guère rationnel et avait plutôt quelque chose d'incohérent avec l'esprit du Fils tel qu'ils le connaissaient, et certaines journées étaient à présent vides, sans nom. On leur livra une harpe irlandaise et, le lendemain, deux nappes brodées. Mais ensuite, plus rien pendant deux jours. Des sacs de ciment, un mercredi, et rien jusqu'au dimanche. Une tente jaune, trois raquettes de tennis et, entre les deux, quatre jours de vide. Lorsqu'une semaine entière se fut écoulée sans qu'aucun battement postal eût scandé le temps de l'attente, Modesto se décida à demander, avec respect, un entretien au Père. Il avait soigneusement préparé sa phrase d'introduction : elle était en accord avec les tendances profondes de la Famille, éloignées par tradition de tout pessimisme.

Monsieur a sans doute remarqué ces derniers temps un certain ralentissement des livraisons. Je me demandais s'il n'y avait pas lieu d'en déduire l'arrivée imminente du Fils.

Le Père le regarda en silence. Il venait de pensées lointaines, mais nota dans quelque recoin périphérique de son esprit combien était belle pareille fidélité à un style, qu'on observe plus souvent chez les domestiques que chez leurs maîtres, et il l'approuva d'un imperceptible sourire. Mais comme il ne disait toujours rien, Modesto poursuivit.

En outre, je crois me rappeler que le dernier télégramme matinal date d'il y a vingt-deux jours, ajouta-t-il.

Le Père aussi se le rappelait. Il n'aurait su

retrouver le jour précis, mais il savait que depuis un certain temps déjà, le Fils avait cessé de rassurer la Famille quant à l'issue de ses nuits.

Il fit oui de la tête. Mais il demeura silencieux.

Suivant la conception stricte qu'il avait de son métier, Modesto estimait que se taire en présence du maître était une pratique excessivement intime et il l'évitait donc de façon systématique, recourant à deux types d'opérations élémentaires : demander s'il pouvait prendre congé ou continuer à parler. D'ordinaire, il privilégiait la première. Ce jour-là, il se risqua à la seconde.

Par conséquent, si Monsieur m'en donnait l'autorisation, j'envisagerais d'entamer les préparatifs en vue de l'arrivée du Fils, auxquels je tiens à apporter tout le soin possible, compte tenu de l'affection que j'ai pour lui et de la joie que son retour suscitera dans toute la maison.

Le Père en fut presque ému. Il connaissait cet homme depuis toujours, de sorte qu'en cet instant il était parfaitement en mesure de comprendre ce que ce dernier venait *réellement* de dire derrière ces mots, avec une générosité et une élégance impeccables. Il lui avait dit que quelque chose n'allait pas, s'agissant du Fils, et qu'il était là, lui, pour faire le nécessaire afin que ne soit pas enfreinte la règle suivant laquelle nul en ces lieux n'avait le droit de s'abandonner à la douleur. Sans doute lui avait-il également rappelé que son attachement au Fils était tel qu'aucune tâche ne lui paraîtrait inappropriée dès lors que l'objectif serait d'adoucir son destin.

C'est ainsi qu'il garda le silence, le Père — touché par la proximité de cet homme. Par son intelligence, par son contrôle de soi. Cet après-midi-là, il mesura l'ampleur de sa solitude et, en voyant Modesto, il songea que c'était le seul individu digne qui occupât durant ces heures le vaste décor de son trouble. En effet, dans des moments comme celui-là, quand nous devons faire face à des peines cachées ou difficiles à exprimer, il arrive parfois que des individus secondaires, à la modestie intrinsèque, brisent l'isolement auquel nous sommes contraints, avec pour résultat que nous ouvrions à des inconnus, comme cela m'est arrivé il y a quelques jours à peine, la risible porte de notre labyrinthe, dans l'espoir puéril d'en retirer un bénéfice, un avis ou ne serait-ce qu'un soulagement passager. Dans mon cas, j'ai honte de le dire, il s'agissait de l'employé d'un supermarché qui rangeait avec un soin maniaque des surgelés dans l'armoire idoine — je ne saurais comment la désigner au juste —, ses mains rougies par le froid. Je ne sais pas, il me semble qu'il accomplissait un geste proche de celui que je devrais faire, moi, avec l'armoire de mon âme — que je ne saurais comment désigner au juste. J'ai fini par le lui dire. Et ça m'a plu de voir qu'il continuait à travailler, tout en répondant qu'il n'était pas sûr d'avoir compris. Alors je le lui ai réexpliqué. Ma vie s'est brisée, ai-je dit, et je n'arrive pas à en recoller les morceaux. J'ai les mains de plus en plus gelées, ça fait un moment que je ne sens plus rien. Sans doute a-t-il cru avoir affaire à un fou, et en effet, c'est la première fois que j'ai pensé que je pourrais devenir fou — une éventualité que le docteur, stupidement, estimait devoir exclure, jusqu'à ce que je l'assomme à coups de pendule. Le secret, c'est de faire les choses tous les jours, m'a confié l'employé du supermarché. On les fait tous les jours et elles deviennent plus faciles. C'est ce que je fais, moi, et je ne m'en aperçois même plus. Il y a une chose que vous faites tous les jours ? m'a-t-il demandé. J'écris, j'ai répondu. Génial, vous écrivez quoi ? Des livres, j'ai dit. Des livres sur quoi ? Des romans. Moi, je n'ai pas le temps de lire, il a commenté — c'est ce que tout le monde dit toujours. Bien sûr, je comprends, ai-je concédé, aucun problème. J'ai trois enfants, il a ajouté — et peut-être était-ce une justification, mais j'ai pris ça pour le début d'une conversation, la permission d'échanger quelque chose, et je lui ai donc expliqué que cela avait beau sembler curieux, je suis capable de disposer l'un sur l'autre les éléments d'un livre sans même regarder, il me suffit pour ainsi dire de les toucher du bout des doigts, mais la même opération m'est impossible quand je la pratique avec des éléments de ma vie, au moyen desquels je n'arrive à rien construire qui ait une forme sensée ou ne serait-ce qu'ordonnée, ou encore agréable, et ceci bien que j'accomplisse ce geste presque quotidiennement, depuis de si nombreux jours à présent que voyez-vous, lui ai-je dit, mes mains sont gelées, je ne sens plus rien.

Il m'a regardé.

Vous savez où je peux trouver des serviettes en papier ? ai-je demandé.

Bien sûr, suivez-moi.

Dans sa blouse blanche, il marchait devant moi et, l'espace d'un instant, j'ai vu le seul personnage digne qui occupât le vaste décor de mon trouble. C'est pour cette raison que je suis en mesure de comprendre pourquoi, au lieu de dire quelque chose à propos du Fils, le Père ouvrit un tiroir et y prit une enveloppe, décachetée et couverte de timbres. Puis il la retourna plusieurs fois entre ses mains, la tendit à Modesto et expliqua qu'elle venait d'Argentine.

Modesto n'était pas doté d'imagination — une qualité inutile, voire dangereuse, dans son métier — et ne bougea donc pas : on parlait du Fils, l'Argentine n'était pas concernée ou, si elle l'était, c'était par l'intermédiaire de liens dont il ignorait la géographie.

Mais le Père était effrayé par sa propre solitude et, d'un geste péremptoire, il ordonna :

Lis-la, Modesto.

Ce dernier la saisit. En l'ouvrant, il se surprit à penser que durant ses cinquante-neuf années de service, il avait eu accès à des tas de secrets, mais que c'était la première fois que quelqu'un lui intimait d'y mettre son nez. Il se demandait si cela affecterait de quelque manière son statut et sa position dans la Maison, quand les premières lignes l'arrachèrent à tout autre pensée. La lettre avait été rédigée d'une main quelque peu hésitante, mais avec une rigueur qui ne se rendait à la fatigue que vers la fin. Elle désignait les choses sans chercher l'élégance ou la précision et donnait à tout une simplicité propre aux faits, suppose-t-on, lorsqu'on n'a pas eu le privilège de les étudier. Il n'y avait ni luxe, ni émotion, ni intelligence. Si les pierres avaient parlé, c'est ainsi qu'elles l'auraient fait. La lettre était courte. En guise de signature, elle portait un sigle.

Modesto replia la lettre et, comme ranger était chez lui un réflexe et une vocation, il la glissa dans l'enveloppe. Il était désorienté et, la première chose qu'il enregistra, ce fut qu'il n'y avait pas trace du Fils, dans cette lettre : il y était question d'une tout autre histoire. Il n'était pas habitué à faire face aux événements de cette manière — il veillait toujours à disposer les problèmes en séquence linéaire, le long de laquelle il était possible de les prendre en considération un par un : dresser la table constituait la meilleure illustration de ce précepte.

La seconde chose qu'il enregistra, il la dit à voix haute.

C'est terrible.

Oui, confirma le Père.

Comme si elle brûlait, Modesto posa la lettre sur la table.

Quand est-ce arrivé ? demanda-t-il. De toute sa vie, il ne se rappelait pas avoir jamais posé au Père ni au Père du Père une question si directe.

Il y a quelques jours, répondit le Père. La lettre vient d'un informateur de Comandini, que j'avais prié de garder la situation plus ou moins sous contrôle.

Modesto hocha la tête. Il ne goûtait guère les façons de Comandini, mais avait toujours reconnu son habileté.

La Jeune Épouse le sait-elle ? demanda-t-il.

Non, répondit le Père.

Il faut l'en informer.

Le Père se leva.

Peut-être, admit-il.

Il hésita quelques instants, se demandant s'il devait aller jusqu'à la fenêtre et sculpter une pause de silence ou bien arpenter la pièce à pas lents, pour faire comprendre à Modesto qu'il était las, mais aussi calme. Il décida de faire le tour de la table et de s'arrêter face au domestique. Puis il le regarda.

Il lui dit que bien des années plus tôt, il avait commencé à faire un geste et que, depuis, jamais il n'avait cessé de caresser l'illusion de pouvoir le conclure. De façon plutôt mystérieuse, il dit qu'il avait hérité de sa famille une pelote emmêlée dans laquelle nul ne semblait plus en mesure de distinguer le fil de la vie et celui de la mort, et il dit qu'il avait décidé de le démêler, lui, que tel était son projet. Il pouvait se rappeler le jour précis où il était né dans son esprit, c'est-à-dire le jour où son père était mort — et la manière dont il était mort, dont il avait choisi de mourir. Il s'était alors mis au travail avec patience, persuadé qu'accomplir ce geste serait l'étape la plus difficile. Mais à présent il comprenait que des épreuves insoupçonnées l'attendaient, qu'il n'avait aucune expérience en la matière et que le savoir qu'il avait à leur opposer était insuffisant. Cependant, il ne pouvait pas faire marche arrière, sauf s'il se posait des questions, mais il n'avait ni le talent pour le faire ni les réponses à ces dernières. Ainsi, il restait encore ce sentier à gravir, et il s'était soudain aperçu qu'il n'en voyait plus le tracé, car les signaux qu'il avait disposés sur le sol avaient été déplacés ou mélangés par quelqu'un. Et une brume ou un crépuscule, il n'aurait su le dire, descendaient sur toute chose. Il n'avait donc jamais été aussi près de s'égarer, raison pour laquelle il se retrouvait à présent, stupéfait, en train d'expliquer tout cela à un homme que je me rappelle inamovible, tournant autour de ma vie d'enfant, présent partout et toujours absent, si impénétrable que je me risquai un jour à demander à mon père qui il était, pour m'entendre répondre : C'est un domestique, notre meilleur domestique. Je lui demandai alors ce que faisait un domestique. C'est un homme qui n'existe pas, répondit mon père.

Modesto sourit.

C'est une définition assez juste, fit-il observer.

Mais il avait légèrement déplacé une de ses jambes vers le bord de la chaise, et le Père comprit qu'il ne pouvait prétendre de cet homme qu'il refît avec lui le trajet de son propre égarement. Il n'était pas né pour cela et, en réalité, son métier le destinait à servir le but inverse — distribuer des certitudes apportées par la vie et incarnées par une famille.

Le Père retrouva son habituelle et douce fermeté.

Demain, j'irai en ville, annonça-t-il.

Ce n'est pas jeudi, Monsieur.

Je sais.

Comme Monsieur voudra.

J'emmènerai la Jeune Épouse, nous irons en train. Je compte sur toi pour nous trouver des places au calme, l'idéal serait de voyager seuls.

Certainement.

Autre chose, Modesto.

J'écoute.

Le Père sourit, car il voyait cet homme reprendre des couleurs, à présent qu'il l'avait reconduit à la surface de ses tâches, après l'avoir imprudemment poussé dans les geôles de réflexions vagues. Il avait même remis sa jambe en place, parallèle à l'autre et prête à rester là plus longtemps.

Dans vingt-deux jours, nous partirons en villégiature, dit-il avec une paisible assurance. Rien de changé au programme habituel. Naturellement, la maison devra être entièrement vide, au repos, comme nous l'avons toujours laissée.

Puis il donna une réponse floue à une question que Modesto n'aurait jamais eu le courage de poser.

Quoi qu'il arrive, le Fils saura comment se comporter.

Bien, dit Modesto.

Il attendit un instant, puis se leva. Avec la permission de Monsieur, dit-il. Il fit les quelques pas en arrière qui précédaient le légendaire coup de vent, mais d'une phrase, le Père l'invita à interrompre son numéro préféré et à lever les yeux.

Il y a des années que je veux te le demander, Modesto : que fais-tu quand nous partons et que nous fermons la maison ?

Je me saoule, répondit Modesto, avec un étonnant empressement et une authentique désinvolture.

Pendant deux semaines ?

Oui, Monsieur. Chaque jour pendant deux semaines.

Où donc ?

J'ai quelqu'un qui s'occupe de moi en ville.

Puis-je aller jusqu'à te demander de quelle sorte de personne il s'agit ?

Si c'est absolument nécessaire, Monsieur.

Le Père y réfléchit quelques instants.

Non, je ne pense pas que ce soit absolument nécessaire.

Modesto esquissa une courbette reconnaissante et se laissa emporter par l'habituelle rafale de vent. Le Père crut même sentir un souffle de brise, tant l'adresse atteinte par cet homme était grande. Il resta donc quelques minutes à macérer dans son admiration, avant de se lever et d'oser, avec une certaine urgence et stupéfié de ne pas y avoir pensé plus tôt, ce qu'il lui était venu en tête de faire, durant l'entrevue avec Modesto. Il sortit du bureau et passa la maison au peigne fin, à la recherche de celui dont il avait besoin, c'est-à-dire l'Oncle. Il le trouva, naturellement endormi, sur le divan du couloir, un de ces divans où personne n'envisage jamais de s'asseoir — on les applique à l'espace en guise de correctif, on simule une nécessité afin de remplir des vides, la même logique à laquelle on doit les mensonges dans un couple. Le Père alla prendre une chaise et l'installa près du divan. L'Oncle dormait en serrant une cigarette éteinte entre ses doigts. Les traits de son visage étaient vides de toute pensée et il respirait lentement, pure mise en œuvre d'une nécessité vitale, sans arrière-pensée ni but caché. Le Père parla à voix basse et dit que le Fils avait disparu, qu'il pouvait le sentir à chaque heure, lui, dans le geste irrémédiable de s'éloigner de tous et, sans doute aussi, de lui-même. Il dit qu'il n'arrivait pas à y voir une éventuelle et fructueuse variante de son destin d'homme, tout en admettant que c'était peut-être le cas, et ce parce qu'il n'avait jamais vraiment cru à la possibilité de mettre de l'ordre dans le monde si on accordait à certains éléments le privilège de pouvoir disparaître, verbe qu'il exécrait. Il était donc désarmé et se demandait si l'Oncle, lui, ne pourrait pas, éventuellement, lui ramener une nouvelle fois son petit comme il avait déjà su le faire si longtemps auparavant, d'une façon aussi mystérieuse qu'opportune, ou du moins l'aider à comprendre quel était l'usage en matière de disparitions, puisqu'il semblait en connaître tous les détails et peut-être aussi les raisons dernières.

Il dit tout cela en se tordant les mains, un geste nerveux inhabituel chez lui et, il le savait, venu de la terre vers laquelle il était en route, du pas lent de son ultime pèlerinage.

L'Oncle ne bougea pas. Sa présence affleurait à un rythme étrange et le Père se mit donc à attendre sans hâte. Il n'ajouta rien à ce qu'il venait de dire sinon, en appendice, en observant un long silence patient, jusqu'au moment où une main de l'Oncle alla vers une de ses poches, d'où elle sortit des allumettes. Il ouvrit les yeux, ne sembla pas remarquer le Père et s'alluma une cigarette. C'est seulement après qu'il se tourna vers lui.

Toutes les choses qu'il envoie, dit-il.

D'un geste, il chassa la fumée, qu'il semblait souffler vers le Père.

Défaites-vous-en.

Il ne portait pas la cigarette à ses lèvres, il la laissait se consumer seule, comme s'il l'avait allumée par égard pour elle.

Je ne l'avais pas compris, moi. Quelqu'un l'avait-il compris ? demanda-t-il.

Le Père dit que ça lui avait paru une curieuse façon de revenir, peut-être même une belle façon : petit à petit. Ça semblait une façon *heureuse* de revenir.

Alors qu'il partait, conclut-il.

L'Oncle observa la cigarette, il lui laissa encore quelques secondes et l'écrasa dans un pot de fleurs depuis longtemps habitué à ce geste.

Exact, confirma-t-il.

Puis il ferma les yeux. En dormant, il ajouta que personne ne disparaît pour mourir, mais que certains le font pour tuer.

Mais bien sûr : tel avait été le verdict de la Mère, hilare. La jeune fille doit découvrir la ville, c'est évident, sinon comment pourra-t-elle comprendre ce qu'est une cathédrale gothique ou l'anse d'un fleuve ? La ville ne possédait ni cathédrale gothique ni anse de fleuve, mais personne ne songea à lui faire remarquer pareils détails (car nombre de ses raisonnements étaient plutôt sibyllins). On était à la mi-temps du petit-déjeuner, le pain grillé commençait à tiédir, et le Père et la Jeune Épouse étaient dans leurs chambres respectives, ils se préparaient. La seule chose que je ne comprends pas, c'est pourquoi en train, poursuivit la Mère. Quand on a une automobile, je veux dire. Hypocondriaque notoire et donc curieusement fait pour son métier, le pharmacien se lança dans une réflexion sur les risques liés aux voyages, quel que soit le moyen de transport choisi. Il souligna avec une certaine fierté qu'il ne s'était jamais aventuré à plus de trente-cinq kilomètres de chez lui. Cela nécessite une remarquable constance, admit la Mère. C'est une de mes vertus, confirma le pharmacien. Et une bonne dose de stupidité, ajouta la Mère. Le pharmacien esquissa une révérence. Je vous remercie, murmura-t-il, car il avait bu, et ce n'est que le soir, chez lui, qu'il reconstitua la scène dans sa totalité, comprenant alors que quelque chose avait dû lui échapper. Il n'en avait pas dormi. Sa femme, une mégère qui avait dix ans de plus que lui et une haleine fameuse dans toute la région, lui avait demandé ce qui le dérangeait. À part toi ? s'enquit le pharmacien qui, dans sa jeunesse, avait eu quelques fulgurances.

Ils se retrouvèrent donc dans le train. Modesto avait fait du bon travail et, tandis que dans les autres les voyageurs se serraient parmi les valises et les enfants en larmes, un wagon entier s'offrait à leur solitude. C'est inouï ce qu'on peut obtenir avec beaucoup d'argent et un certain don pour la courtoisie.

En raison de son inexactitude de cœur et d'une recommandation aussi pointilleuse que stupide de son cardiologue, le Dr Acerbi, le Père s'était installé dans le sens de la marche. La Jeune Épouse était vêtue avec une élégance austère, car elle avait décidé de faire profil bas. D'ailleurs, la Mère avait froncé le nez en la voyant partir : Elle va chez les sœurs ? avait-elle demandé à son voisin de table, sans remarquer qu'il s'agissait de Mgr Pasini. Mais quand il fallait parler, elle ne perdait pas de temps à choisir son interlocuteur : sans doute pensait-elle s'adresser au monde, en parlant, une erreur que beaucoup commettent. C'est possible, répondit aimablement Mgr Pasini. Des années plus tôt, il avait perdu la tête pour une carmélite, mais sur le moment il ne s'en souvint pas.

Une fois le train parti — ils s'étaient présentés à la gare avec une heure d'avance, toujours sur le conseil du susmentionné Dr Acerbi, afin d'éviter tout risque de stress —, le Père estima que le moment était venu d'entamer l'opération à laquelle il avait décidé, non sans une certaine férocité, de se consacrer ce jour-là.

Vous vous êtes sûrement demandé pourquoi je vous avais emmenée, dit-il.

Non, fit la Jeune Épouse.

Pendant plusieurs minutes, la conversation tarda à décoller.

Mais le Père avait une mission à accomplir, il l'avait préparée au millimètre et attendit donc que son plan se recompose clairement dans son esprit. Il ouvrit la chemise qu'il emportait toujours quand il allait en ville (souvent elle ne contenait rien, mais il aimait avoir quelque chose à ne pas oublier partout) et en tira une lettre. Elle était décachetée et couverte de timbres.

Je l'ai reçue d'Argentine il y a quelques jours, mademoiselle. Je crains que vous ne deviez la lire.

La Jeune Épouse jeta un coup d'œil à l'enveloppe, mais comme elle aurait regardé une assiette d'asperges après avoir vomi.

Préférez-vous que je vous résume son contenu ? demanda le Père.

Si je dois être sincère, je préférerais que vous la rangiez dans la chemise.

Voilà qui n'est pas possible, dit le Père. Ou plutôt, c'est inutile, se corrigea-t-il.

Dans ce cas, je préfère un résumé.

Très bien.

Le train faisait un grand bruit de ferraille.

J'ai reçu des nouvelles de votre famille, commença-t-il. Elles ne sont pas bonnes.

Comme la Jeune Épouse restait sans réaction, il décida d'aller au fond de la question.

Voyez-vous, je crains de devoir vous dire que le lendemain de votre départ d'Argentine, votre père a été retrouvé au fond d'un fossé, noyé dans vingt centimètres d'eau et de boue.

La Jeune Épouse ne bougea pas un muscle. Le Père continua.

Il rentrait d'une soirée je ne sais où et sans doute était-il ivre. Mais je veux croire que son cheval a simplement fait un brusque écart et qu'il l'a jeté au sol. Sans doute la fatalité, un vilain coup de malchance.

Ce n'est pas un fossé, dit la Jeune Épouse, c'est un cours d'eau. Un misérable cours d'eau, le seul qui coule là-bas.

Le Père avait imaginé un autre type de réaction, auquel il s'était préparé. La lettre lui glissa des mains et il dut se pencher pour la ramasser.

Ce n'est pas un vilain coup de malchance, reprit la Jeune Épouse. Il avait juré de le faire et il l'a fait. Il s'était probablement saoulé comme un Polonais et il s'est jeté au sol.

Son ton était dur, mais calme. Mais le Père constata qu'il y avait des larmes dans ses yeux.

En savez-vous davantage ? demanda la Jeune Épouse.

Il a laissé un curieux testament, rédigé le jour même de sa mort, répondit prudemment le Père.

La Jeune Épouse acquiesça d'un hochement de tête.

Le train faisait un grand bruit de ferraille.

Il a légué la moitié de ses biens à sa femme et l'autre à ses enfants, reprit le Père.

*Tous* ses enfants ?

Ma foi, c'est bien la question, si on veut.

On veut.

Je dois vous communiquer que vous n'y figurez pas, mademoiselle.

Je vous remercie de votre délicatesse, mais je préfère éviter les euphémismes. Je sais à quoi m'attendre.

Disons alors que vous y figurez, mais dans un cadre pour le moins… *sévère*, suis-je tenté de dire.

Sévère.

Une seule phrase vous est consacrée.

Une phrase qui dit… ?

Apparemment, votre père souhaitait que vous fussiez maudite tous les jours qui vous resteraient à vivre. Je cite de mémoire et m'en excuse sincèrement.

Les larmes se mirent à couler sur le visage de la Jeune Épouse, mais elle gardait l'échine droite et les yeux fixés sur le Père.

Y a-t-il autre chose ?

C'est tout, répondit-il.

Comment savez-vous tout cela ?

Je me tiens informé, quiconque est dans les affaires doit l'être.

Vous faites des affaires avec l'Argentine ?

À l'occasion.

La Jeune Épouse ne cherchait pas à dissimuler ses larmes ni à les sécher d'aucune façon. Et pourtant, il n'y avait dans sa voix aucune trace de plainte ni de surprise.

Vous voulez bien que nous restions un peu silencieux ? demanda-t-elle.

Mais bien sûr, je comprends tout à fait.

Ils virent beaucoup de campagne défiler derrière la vitre, toujours la même, tandis que la Jeune Épouse conservait un silence de plomb et que le Père avait les yeux dans le vide, passant ses pensées au crible. Ils virent défiler de petites gares aux noms émouvants, des champs de blé nourris de soleil, des fermes sans poésie, des clochers muets, des toits, des étables, des bicyclettes, des êtres sourds, des routes qui viraient, des rangées d'arbres et même un cirque. C'est seulement quand la ville fut proche que la Jeune Épouse prit un mouchoir, sécha ses larmes et leva les yeux vers le Père.

Je suis une jeune fille sans famille et sans le sou, dit-elle.

Oui, admit le Père.

Le Fils le sait-il ?

Il ne m'a pas semblé spécialement pressant de l'en informer.

Mais il le saura.

C'est inévitable, mentit le Père, qui savait la question un peu plus complexe.

Vous m'emmenez quelque part ?

Plaît-il ?

Où m'emmenez-vous ?

Le Père adopta un ton ferme, car il voulait que la Jeune Épouse comprenne qu'il était tout à fait maître de la situation.

Nulle part. Dans l'immédiat, vous resterez dans la Famille, mademoiselle, il n'y a pas lieu d'en discuter. Je souhaitais simplement que nous soyons seuls afin de vous communiquer les nouvelles qui vous concernent. Je ne vous emmène nulle part.

Où allons-nous, dans ce cas ?

En ville, mademoiselle. Je vous demande seulement de m'accompagner.

Je voudrais rentrer. Est-ce possible ?

Bien sûr. Mais puis-je vous prier de rester ?

Pourquoi cela ?

Le Père adopta un ton auquel il recourait peu souvent, qu'il n'avait jamais employé avec la Jeune Épouse et qui impliquait le consentement à une certaine forme d'intimité.

Voyez-vous, je regrette d'avoir dû m'occuper de questions qui vous regardaient, et je n'ai guère aimé posséder avant vous des nouvelles qui ne m'intéressent qu'accessoirement. J'ai eu la désagréable impression de vous avoir volé quelque chose.

Il marqua une courte pause.

Je me suis donc dit que ce serait un soulagement pour moi si vous pouviez entrer à votre tour en possession de ces faits, dont vous ignorez encore tout mais qui ont eu et ont encore une grande influence sur la vie de la Famille, en particulier sur la mienne.

La Jeune Épouse leva les yeux vers lui, trahissant une stupeur qu'elle n'avait pas même laissée affleurer lorsqu'elle avait appris le sort de son père.

Allez-vous me révéler quelque secret? demanda-t-elle.

Non, j'en serais bien incapable. Et puis j'ai tendance à éviter les situations trop prenantes sur le plan émotionnel, c'est une question de prudence médicale, comme vous le comprenez peut-être.

La Jeune Épouse confirma d'un petit signe de tête.

Le Père poursuivit.

Je crois que la meilleure solution, c'est de m'accompagner à l'endroit où j'ai souhaité que nous allions. Là, quelqu'un saura vous raconter ce qu'il me tient à cœur que vous sachiez.

Concentré sur un de ses boutons de manchette, il veillait à la précision de chaque mot.

Je dois vous prévenir : dans un premier temps, l'endroit vous semblera inapproprié, surtout après la nouvelle que vous venez de recevoir. Mais j'y ai longuement réfléchi et j'ai la présomption de croire que vous n'êtes pas une jeune femme sensible aux lieux communs. J'ai donc acquis la certitude que vous n'en seriez pas troublée et que vous le comprendriez : il n'y a pas d'autre moyen.

L'espace d'un instant, la Jeune Épouse parut

vouloir dire quelque chose, mais elle se contenta de détourner le regard vers la vitre, tandis que l'énorme gare les avalait sous son palais de fer et de verre.

Que fais-tu, dans une telle solitude ? m'a demandé L., en inspectant d'un air horrifié ma maison et son ordre maniaque.

J'écris mon livre, ai-je répondu.

Et qu'es-tu venue faire, toi, dans ma solitude ? ai-je ajouté. Elle avait toujours les mêmes lèvres qu'alors, ai-je noté, des lèvres difficiles à interpréter.

Lire ton livre, m'a-t-elle répondu.

Mais elle avait ce regard que je connais bien. Autour de vous, ils l'ont un peu tous, quand cela fait des mois, voire des années, que vous travaillez à un livre sans rien faire lire à personne. Au fond, ils pensent que vous n'êtes pas *vraiment* en train de l'écrire. Ils s'attendent plutôt à trouver dans un tiroir des feuilles de papier couvertes d'une seule et même phrase, du genre : *Un tiens vaut mieux que deux tu l'auras*. Et il faut voir leur surprise quand ils constatent que le livre, vous l'avez bel et bien écrit. Les cons.

Je lui ai tendu les feuilles imprimées, elle s'est allongée sur un divan puis, en fumant, s'est mise à lire.

Je la connaissais bien, il y a des années. Un jour, elle m'avait laissé entendre qu'elle était mourante, mais peut-être n'était-ce que de l'infélicité, ou des médecins incompétents

— aujourd'hui, elle a un mari et deux enfants. Elle disait des choses intelligentes sur ce que j'écrivais, quand nous prenions la fuite et que nous allions nous aimer, cabossés mais têtus, dans des chambres d'hôtel. Elle a toujours dit des choses intelligentes aussi sur la façon dont les gens vivent et, parfois, sur celle dont nous vivions, nous. Peut-être m'attendais-je à ce qu'elle ouvre un atlas et me montre où j'étais — si elle l'avait fait, j'étais sûr qu'il y aurait eu une certaine beauté dans son geste, car elle ne pouvait s'en empêcher. C'est pour cette raison que je lui ai répondu, lorsqu'elle m'a écrit, surgie du néant où elle avait disparu. Ce n'est pas une chose que je fais ces temps-ci, je ne réponds à personne. Je ne demande rien à personne. Mais je ne dois pas y penser, ou bien je serais si terrorisé que je n'arriverais plus à respirer.

À présent, elle était allongée sur le divan et lisait ce qui était imprimé sur ces feuilles, en lieu et place de : *Un tiens vaut mieux que deux tu l'auras.* Ç'a dû lui prendre une heure — un peu plus. Pendant ce temps, je suis resté là à la regarder, j'essayais de trouver un nom à la membrane qui recouvre les femmes, celles que nous avons aimées il y a longtemps et que nous n'avons jamais réellement quittées ni détestées ou même combattues — on a simplement pris nos distances. Ça ne devrait guère m'importer, maintenant que je ne trouve pratiquement plus de nom à rien, mais la vérité, c'est que j'ai un compte à régler avec celui-là, car il m'échappe depuis des années. Quand je suis à deux doigts de l'attraper, il se faufile dans une fissure invisible du mur. Puis il n'y a pas moyen de l'en faire sortir. Il reste le parfum d'une attirance innommée, et ce qui demeure innommé est terrifiant.

À la fin, elle s'est étirée, elle a posé les feuilles par terre et s'est tournée sur le côté pour bien me regarder. Elle était encore belle, aucun doute là-dessus.

Où diable l'emmène-t-il?

Elle parlait du Père et de la Jeune Épouse.

Je lui ai dit où il l'emmenait.

Dans un bordel? a-t-elle répété, guère convaincue.

Très élégant, ai-je précisé. Tu dois imaginer une grande pièce baignée de lumières discrètes et soigneusement disséminées, beaucoup de gens debout ou sur les divans, des serveurs dans les coins, des plateaux, du cristal, on aurait pu prendre ça pour une fête vaguement compassée, mais la normalité était altérée par le peu de distance qui séparait les visages — des mains jaillissaient et faisaient des gestes inappropriés, elles se glissaient sous l'ourlet d'une jupe ou les doigts jouaient avec une mèche de cheveux, avec une boucle d'oreille. C'étaient des détails, mais ils tranchaient avec le reste, et personne ne semblait s'en offusquer ni même les remarquer. Les décolletés ne cachaient pas grand-chose, les sofas penchaient dangereusement, les cigarettes passaient de bouche en bouche, et on aurait dit qu'une quelconque urgence avait fait remonter à la surface les traces d'une impudeur qui reposait d'ordinaire sous les convenances : de la même manière, des fouilles archéologiques auraient pu révéler les morceaux d'une mosaïque obscène sous les dalles d'une basilique. La Jeune Épouse fut éblouie par ce spectacle. En voyant des couples qui se levaient et disparaissaient, derrière des portes qu'ils ouvraient et refermaient aussitôt, elle comprit que la grande pièce était un pan incliné, et le but de tous ces gestes un ailleurs labyrinthique, dissimulé quelque part dans le bâtiment.

Pourquoi m'avez-vous conduite ici ? demanda-t-elle.

C'est un lieu très particulier, dit le Père.

Je vois ça. Mais qu'est-ce ?

Une sorte de club, disons.

Tous ces gens sont-ils vrais ?

Je ne suis pas sûr de saisir votre question.

Ce sont des comédiens, c'est un spectacle, qu'est-ce que c'est ?

Oh, si c'est ce que vous vouliez dire, non, absolument pas. Ce n'est pas du tout cela.

C'est donc bien ce que je pense.

Sans doute. Mais vous voyez la femme qui vient vers nous, souriante et très élégante ? Eh bien, je suis certain qu'elle pourra tout vous expliquer et qu'elle saura vous mettre à l'aise.

La Femme élégante tenait une flûte à champagne entre ses doigts et, une fois devant eux, elle se pencha pour embrasser le Père et lui murmurer quelque secret à l'oreille. Puis elle se tourna vers la Jeune Épouse.

J'ai beaucoup entendu parler de toi, dit-elle, et elle se pencha encore pour l'embrasser une fois, sur la joue. À l'évidence, dans sa jeunesse elle avait dû être sublime et ne semblait désormais plus avoir quoi que ce soit à prouver. Elle portait une magnifique robe décolletée et avait dans les cheveux des bijoux qui firent à la Jeune Épouse l'effet de trophées anciens.

Car j'ai imaginé la Femme élégante et la Jeune Épouse assises au cœur de cette grande fête équivoque, ai-je expliqué à L., mais sur un petit sofa un peu à l'écart des autres, perdu dans une lumière indirecte, douce, comme si elles avaient été dans leur bulle à elles, une bulle proche de l'imprudente allégresse des autres, mais soufflée dans le verre de leurs mots. Je les ai toujours vues boire quelque chose, du vin ou du champagne, et je sais qu'elles jetaient de temps en temps un coup d'œil tout autour, mais sans voir. Je sais que personne n'aurait songé à venir vers elles. La Femme élégante avait une tâche à remplir, mais elle n'avait aucune hâte, elle devait raconter une histoire, avec précaution. Elle parlait lentement et disait le nom des choses sans embarras, cela faisait partie de son métier.

Quel métier ? m'a demandé L.

La Femme élégante éclata d'un beau rire cristallin. Comment ça, *quel métier*, jeune fille ? Le seul qu'on puisse exercer ici.

C'est-à-dire ?

Les hommes paient pour coucher avec moi. Je simplifie un peu, bien sûr.

Essayez de ne pas simplifier.

Eh bien, ils peuvent aussi payer pour *ne pas* coucher avec moi, pour parler tandis qu'ils me touchent, pour me regarder baiser ou pour que je les regarde, ou…

C'est bon, j'ai compris.

C'est toi qui m'as demandé de ne pas simplifier.

Oui, c'est vrai. Incroyable.

Qu'est-ce qui est incroyable, très chère?

Qu'il y ait des femmes pour faire ce métier.

Oh, pas seulement des femmes. C'est une chose que les hommes aussi font. Si tu observes avec un peu d'attention ce qui se passe autour de toi, tu remarqueras des dames d'une certaine fraîcheur qui semblent dépenser leur argent d'une manière aussi originale que risquée. Là-bas, par exemple. Mais aussi cette jeune fille, la grande, celle qui rit. L'homme avec qui elle rit n'est pas mal, non? Je peux t'assurer qu'elle est en train de se l'offrir.

L'argent.

L'argent, oui.

Comment se retrouve-t-on à faire l'amour *pour de l'argent*?

Oh, il y a bien des raisons.

Comme?

La faim. L'ennui. Le hasard. Parce qu'on a du talent pour ça. Pour se venger de quelqu'un. Par amour pour quelqu'un. On n'a que l'embarras du choix.

Et n'est-ce pas tragique?

La Femme élégante répondit qu'elle n'était plus capable de le dire. Peut-être, admit-elle. Mais elle ajouta qu'il aurait fallu être stupide pour ne pas comprendre que le métier de putain avait aussi quelque chose de fascinant, et c'est pour cette raison qu'assis en face de L., qui me regardait, allongée de côté sur le divan, j'ai fini par demander si elle ne s'était jamais dit que le métier de putain avait quelque chose de fascinant. Oui, m'a-t-elle répondu, elle se l'était dit. Puis nous sommes restés silencieux un long moment.

Déshabiller quelqu'un qu'on ne connaît pas, par exemple, ce doit être beau. D'autres choses aussi, ajouta-t-elle.

Quelles choses ?

Je le lui ai demandé parce que, dans mon souvenir, elle avait cela de formidable : elle n'avait jamais honte d'appeler les choses par leur nom.

Elle m'a examiné longuement pour trouver la limite.

Les minutes qui précèdent, ou les heures à attendre. En sachant qu'on s'apprête à le faire, mais sans savoir avec qui.

Elle l'a dit lentement.

S'habiller sans honte.

La curiosité, découvrir des corps qu'on n'aurait pas choisis, les prendre dans ses mains, les toucher, pouvoir les toucher.

Elle est restée un instant silencieuse.

Se regarder dans le miroir, avec sur soi un homme qu'on n'a jamais vu auparavant.

Elle m'a regardé.

Les faire jouir.

Se sentir effroyablement belle, dit la Femme élégante. T'est-ce jamais arrivé ?

Une fois, répondit la Jeune Épouse. Un matin.

Peut-être même se sentir méprisée, a poursuivi L. Mais je ne sais pas. Peut-être que j'aimerais le faire avec quelqu'un qui me méprise. Ce doit être une sensation très forte et ce n'est pas une chose qui arrive dans la vie.

Et beaucoup d'autres choses qui n'arrivent pas dans la vie, conclut la Femme élégante.

Mais maintenant ça suffit, dit L.

Pourquoi ?

Allez, arrêtons.

Continue.

Non, ça suffit, dit la Femme élégante.

D'accord, concéda la Jeune Épouse.

J'ai une histoire à raconter. Je l'ai promis au Père.

Vous devez vraiment ?

Oui.

Raconte-moi plutôt une histoire, dit L.

C'était celle du Père.


Qui se rendait dans ce bordel deux fois par mois, afin de satisfaire des nécessités avant tout médicales, soulager les humeurs du corps et assurer un certain équilibre de l'organisme. La chose franchissait rarement les frontières émotionnelles d'un soin administré à domicile, accompagné par le plaisir de la conversation et une pureté digne de la cérémonie du thé. Ne manquaient pas même les fois où l'infirmière de service était contrainte de gourmander le Père, certes avec grâce — *Eh bien, aujourd'hui on a décidé de s'abandonner à la paresse, dirait-on ?* —, tout en manipulant son sexe avec beaucoup de dextérité mais sans grand résultat. Alors on suspendait la conversation et l'infirmière prenait une main du Père pour se la fourrer entre les cuisses — d'autres fois, elle dénudait un de ses seins et l'offrait à ses lèvres. C'était suffisant pour redonner son but à la procédure et conduire le Père jusqu'à l'ample delta d'un orgasme compatible avec son inexactitude de cœur.

Cela peut paraître désagréablement aseptisé, cynique ou même exagérément médical, cependant il ne faut pas oublier que bien des années auparavant, à l'aube de tout, ç'avait au contraire été une histoire de passions féroces, dit la Femme élégante à la Jeune Épouse, d'amour, de vie et de mort. Tu ne sais rien du Père du Père, lui dit-elle, mais à l'époque tout le monde le connaissait, car c'était un homme dont la stature gigantesque dominait le paysage prudent de ces terres. C'est lui qui créa la richesse de la Famille, qui forgea sa légende et donna à son bonheur un aspect immuable. Il fut le premier à ne pas avoir de nom, car les gens parlaient de lui comme du *Père*, devinant que ce n'était pas juste un homme, mais une source, un début, un temps ancien, un présent sans passé et une terre origi-nelle. Peut-être n'y avait-il rien eu avant lui, c'est pourquoi il était *Le Père*, de tous et pour tous. C'était un homme fort, calme, sage et d'une charmante laideur. Il ne consomma pas sa jeunesse, mais s'en servit pour inventer, construire et combattre. Quand il eut trente-huit ans, il leva la tête et constata que ce qu'il avait imaginé existait désormais. Alors il partit pour la France et ne donna plus de nouvelles jusqu'au jour, quelques mois plus tard, où il fut de retour, accompagné par une femme de son âge qui ne parlait pas notre langue. Il l'épousa, mais refusa de le faire à l'église, et un an après elle mourut en mettant au monde un fils qui porterait toute sa vie une inexactitude de cœur, en mémoire d'elle : aujourd'hui, tu l'appelles *le Père*. Le deuil dura neuf jours, l'effroi et la stupeur ne se prolongèrent pas davantage, car le Père du Père ne croyait pas à l'infélicité ou n'en avait pas encore compris le sens. Ainsi, tout redevint comme avant, avec l'ajout discret d'un enfant et celui, plus visible, d'une promesse : il annonça, le Père du Père, que plus jamais il n'aimerait ni n'épouserait une autre femme. Il avait trente-neuf ans, sa force, son mystère et sa charmante laideur étaient au plus haut, et tous estimèrent que c'était du gâchis. Mais le risque qu'il y avait à renoncer au désir de cette façon insensée ne lui avait pas échappé. Il se rendit donc en ville, acheta un immeuble un peu à l'écart, mais somptueux, et fit construire au dernier étage un lieu en tout point identique à celui où il avait rencontré son épouse française à Paris. Regarde autour de toi et tu le verras. Depuis, rien ou presque n'a changé. Je suppose qu'une petite partie de la richesse à laquelle tu vas accéder par le mariage provient d'ici. Mais ce n'est pas l'aspect économique de l'affaire qui intéressait le Père du Père. Pendant vingt-deux ans, deux fois par mois, toujours le jeudi, il passait cette porte, car il s'était juré de porter jusqu'à la mort un cœur qui n'accepterait pas l'amour et un corps qui n'admettrait pas les privations. Comme il était *le Père*, il n'avait pas envisagé de le faire ailleurs que dans un cadre luxueux et un climat de fête, collective et permanente. Durant tout ce temps, les femmes les plus riches, les plus ambitieuses, les plus seules et les plus belles de la ville tentèrent en vain de l'arracher à sa promesse. C'était un siège qu'il subissait avec plaisir, mais en demeurant hors d'atteinte derrière le mur de ses souvenirs et toujours escorté par ses étincelantes putains. Jusqu'au jour où une jeune femme posa les yeux sur lui. Elle était d'une beauté resplendissante et d'une intelligence imprévisible, mais si elle était dangereuse, c'était à cause d'une chose encore plus impalpable et mystérieuse : elle était libre, tellement naturelle que l'innocence et la férocité se confondaient en elle. Sans doute se mit-elle à désirer le Père du Père avant même de l'avoir vu, et peut-être fut-elle attirée par ce défi : toujours est-il qu'elle fut séduite par l'idée de s'attaquer à une légende. Sans hésiter, elle fit un geste étonnant, qui lui semblait simplement logique : elle vint travailler ici et l'attendit.

Un jour, il la choisit et, par la suite, il ne choisit plus qu'elle. Ce fut long : pendant tout ce temps, pas une fois ils ne se virent dans un autre lieu, si bien que le Père du Père dut croire sa forteresse inviolée et sa promesse tenue, et il s'aperçut trop tard que l'ennemi était déjà dans les murs, qu'il n'y avait déjà plus ni forteresse ni promesse. Il en eut la certitude absolue quand la jeune femme lui annonça, nullement effrayée, qu'elle attendait un enfant. Il est difficile de dire si le Père du Père songea sérieusement à redessiner sa vie en fonction de cette passion tardive et de cette paternité imprévue, car s'il le fit, il n'eut le temps de le communiquer ni à lui-même ni au monde : une nuit, après un mouvement du ventre, il mourut entre les jambes de la jeune fille dans une chambre que plus personne n'utilise depuis. Si tu entends dire qu'il fut trahi par une inexactitude de cœur, fais mine de le croire. Mais il y eut bien sûr l'effroi, la surprise, peut-être la fatigue et sans nul doute le soulagement de ne pas devoir inventer une fin différente. La jeune fille le garda entre ses jambes et lui caressa les cheveux, elle lui parla à voix basse de voyages et d'inventeurs, tout le temps nécessaire pour qu'on envoie quelqu'un dans la campagne avertir les gens de sa maison. On agit alors avec une discrétion apprise par cœur, car beaucoup d'hommes meurent dans les bordels, mais c'est bien connu, aucun homme ne meurt dans un bordel. Tous savaient précisément quoi faire et comment. Un rien de temps avant l'aube, le Fils arriva.

Aujourd'hui, tu l'appelles le Père, mais il avait alors à peine plus de vingt ans, et à cause de son inexactitude de cœur, il avait une réputation de garçon timide, insaisissable et élégant. On ne l'avait pas vu souvent au bordel et, chaque fois, il était passé inaperçu. Il ne se fiait qu'à une seule femme, une jeune Portugaise qui travaillait d'ordinaire pour certaines dames ennuyées et très riches : elles lui envoyaient leurs filles pour qu'elle fasse leur éducation. Cette nuit-là, c'est elle qui vint vers lui. Elle l'entraîna dans une chambre, s'allongea à ses côtés et lui annonça ce qu'il allait voir, lui expliquant tout et répondant à ses questions. D'accord, dit-il. Puis il se leva et se rendit auprès de son père. À ce moment-là, la Famille n'était guère plus qu'une hypothèse, attachée au destin à peine ébauché d'un bébé conçu par erreur et à la santé fragile d'un jeune homme. Mais personne n'avait compris de quel jeune homme il s'agissait, et nul ne pouvait savoir qu'une intimité quotidienne avec la mort rend à la fois malin et ambitieux. Il s'assit dans un fauteuil qui occupait un coin de la pièce et, les deux mains posées sur le cœur pour se protéger, examina longuement le dos rocheux de son père et le visage de cette fille qui parlait à voix basse, les jambes écartées, tandis qu'elle veillait un mort. Il sentit qu'un étrange retournement s'était produit dans le sort de la Famille et qu'il était désormais difficile de séparer les choses : naître et mourir, construire et détruire, désirer et tuer. Il se demanda si cela avait un sens de s'opposer à l'inertie du destin et comprit qu'il lui aurait suffi d'une dizaine de minutes pour tout flanquer par terre. Mais il n'était pas né et sa mère n'était pas morte pour cela. Il se leva et fit appeler le fidèle serviteur qui l'avait accompagné jusqu'ici — un homme à la dignité inimitable. Il lui dit que le Père était mort chez lui, dans son lit, à trois heures quarante-deux du matin, vêtu de son meilleur pyjama et sans avoir eu le temps d'appeler à l'aide. Naturellement, dit le serviteur. Sans doute une inexactitude de cœur, observa le Fils. C'est certain, approuva l'autre, qui déjà s'approchait de la fille et, après une phrase inoubliable — *Vous permettez ?* —, se pencha sur le corps du Père. Avec une force insoupçonnée, il le prit dans ses bras. Puis il fit en sorte que le corps disparaisse du bordel sans être vu, pour ne pas gâcher la fête et le plaisir qui, entre ces murs, étaient et sont quoi qu'il arrive une obligation irrévocable. Resté seul avec la jeune fille, le Fils se présenta et lui demanda ce qu'elle savait à son sujet. Tout, répondit-elle. Bien, observa le Fils, voilà qui nous fera gagner du temps. Puis il lui expliqua qu'ils se marieraient, qu'ils avaient conçu ensemble l'enfant qu'elle portait dans son ventre et que ce serait leur fils bien-aimé. Pourquoi ? demanda la jeune fille.

Parce qu'il nous faut remettre de l'ordre dans le monde, répondit-il.

Le lendemain, il ordonna un deuil de neuf jours à compter des funérailles. Le dixième, il annonça son mariage avec la jeune fille, qui fut célébré le premier jour de l'été dans un climat de joie mémorable. Trois mois plus tard, la jeune fille accoucha et ne mourut pas, elle donna le jour au garçon que tu épouseras bientôt : depuis, elle, nous l'appelons tous *la Mère*. Dans la maison que tu as connue, elle est rapidement devenue femme et, désormais, c'est la lumière qui permet à cet homme, que nous appelons tous *le Père*, de rester dans l'ombre et de maintenir férocement l'ordre du monde. Quelque chose les lie l'un à l'autre, mais dans leur cas, à l'évidence, le mot *amour* n'explique rien. Le secret qu'ils partagent est plus fort, de même que la tâche qu'ils se sont donnée. Un jour, alors qu'ils vivaient ensemble depuis un an sans jamais dormir dans le même lit, ils se sont sentis assez forts pour défier ensemble les deux peurs qu'ils avaient pris l'habitude d'associer au sexe : pour lui, celle de mourir, et pour elle, celle de tuer. Ils se sont enfermés dans une chambre et n'en sont pas ressortis avant d'être sûrs que, si un mauvais sort pesait sur eux, ils l'avaient brisé. C'est de là que vient la Fille, qui a été conçue cette nuit-là : si le destin l'a voulue estropiée et magnifique, c'est sans doute pour envoyer un message codé que personne n'a encore su déchiffrer. Mais ce n'est qu'une question de temps, tôt ou tard on y parviendra. Lorsqu'on met de l'ordre dans le monde, affirme le Père, on ne peut pas décider à quel rythme il vous laissera faire. Il tenait à ce que je te raconte cette histoire, j'ignore pourquoi. Je l'ai fait. À présent, cesse de me regarder ainsi et finis ton verre, jeune fille.

Mais la Jeune Épouse ne bougea pas, son regard fixé sur la Femme élégante. Elle semblait absorbée, comme si elle écoutait des mots qui se seraient perdus en chemin et se presseraient maintenant, en retard et dépourvus de son. D'instinct, elle les accueillait avec agacement. Elle se demandait ce qui était arrivé à cette journée, devenue si féminine qu'elle dévoilait tous les secrets et brisait le sceau de l'ignorance. Elle ne comprenait pas ce que ces gens voulaient d'elle, soudain si avides, débordants de vérités qui lui paraissaient dangereuses. Sans réfléchir, elle lança sa question et mordit dans chaque mot.

Si c'est une histoire secrète, comment se fait-il que tu la connaisses ?

La Femme élégante ne renonça pas à sa légèreté.

Je suis née au Portugal, dit-elle. J'enseigne l'amour aux jeunes filles de la bonne société.

Toi.

As-tu besoin de leçons ?

Je n'ai besoin de rien.

D'accord. Tu n'as besoin de rien.

Ou peut-être d'une chose.

Dis-moi.

Tu veux bien me laisser un peu seule ?

La Femme élégante ne répondit pas. Elle se contenta de lever les yeux vers la pièce, mais comme si elle les posait sur un échiquier où aurait débuté une partie dont elle était en mesure, elle, de prévoir à coup sûr le dénouement. Puis, ce qu'elle fit, ce fut de retirer avec une certaine lenteur ses splendides gants de soie rouges qui montaient jusqu'au-dessus du coude, et de les abandonner dans le giron de la Jeune Épouse.

Tu veux rester seule, dit-elle.

Oui.

D'accord.

Elle se leva, la Femme élégante : sans déception, sans hâte, sans rien. Elle avait dû se lever ainsi de nombreux divans, lits et alcôves. De nombreuses vies.

L. aussi s'est levée, mais pas avec la même paix. Pour autant que je sache, elle ne connaissait pas la paix. Elle s'est redressée et a regardé l'heure.

Merde.

Tu dois partir ?

J'aurais dû partir il y a un bout de temps.

Tu *es* partie il y a un bout de temps.

Pas dans ce sens-là, idiot.

Quand tu es partie, tu as oublié sur le lit un paquet de clopes à moitié plein que j'ai gardé sur moi pendant des semaines. J'en fumais une de temps en temps. Puis j'ai fini le paquet.

Ne me drague pas.

Je ne te drague pas.

Et cesse de te suicider dans cet appartement à la con qui ressemble au repaire d'un cinglé.

Je t'appelle un taxi ?

Non, je suis en voiture.

Elle a enfilé sa veste et, dans le reflet d'une vitre, a remis de l'ordre dans sa coiffure. Puis elle est restée un instant debout, à me regarder. J'ai cru qu'elle se demandait si elle allait m'embrasser avant de partir, mais en réalité elle pensait à autre chose.

Pourquoi tant de sexe?

Que veux-tu dire?

Le sexe. Dans le livre.

Il y en a presque toujours, du sexe, dans mes livres.

Oui, mais là c'est une obsession.

Tu trouves?

Tu le sais bien.

Obsession, ça me semble exagéré.

Possible. Mais à l'évidence, quelque chose t'attire dans le fait d'écrire sur le sexe.

C'est vrai.

Quoi donc?

Que ce soit difficile.

L. s'est mise à rire.

Tu ne changeras donc jamais, hein?

C'est la dernière chose qu'elle a dite. Elle est partie sans se retourner ni me saluer. Avant aussi, elle le faisait, et ça me plaisait.

Elle est partie en beauté, sans se retourner ni me saluer, songea la Jeune Épouse en regardant la Femme élégante traverser la pièce. Ça me plaît. Qui sait combien de nuits il faut pour devenir ainsi. Combien de jours dilapidés, songea-t-elle, combien d'années. Elle se versa encore du vin. Tant qu'on y est. L'étrange solitude qu'on ressent au milieu d'une fête comme celle-là. Ma solitude, se dit-elle à voix basse. Elle redressa le dos et tendit les épaules en arrière. À présent, je vais mettre de l'ordre dans mes pensées et classer mes peurs par ordre alphabétique, se dit-elle. Mais son esprit demeura figé, incapable de suivre l'étroit chemin des pensées : vide. Elle aurait voulu se demander ce qui lui appartenait encore, après toute une journée à s'entendre raconter des histoires. Elle essaya à peine. La première chose, c'est que je n'ai plus personne. Mais comme je n'ai jamais eu personne, ça ne change rien. Son esprit était toujours aussi vide et figé. Un animal paresseux. Il vaut mieux que tout le monde le sache, ainsi je pourrai enfin être moi-même, et mieux vaut que je le sache, moi aussi, sans ça un père me serait resté en travers de la gorge toute ma vie durant, il a bien fait de crever maintenant. Un jour, je comprendrai si c'est moi qui l'ai tué, mais pour le moment je suis trop jeune, je dois veiller à ne pas me tuer, moi. Adieu, père. Adieu, frères. Et de nouveau le vide, même pas douloureux, juste sans recours. Elle leva les yeux vers la fête qui pétillait tout autour, et s'aperçut qu'elle était une ombre, dans sa robe mal choisie, un mouvement indéchiffrable à la lisière de l'action. Elle s'en fichait. Elle baissa les yeux et examina ces gants rouges, longs, en soie, posés dans son giron. Difficile de dire s'ils avaient un sens. Elle retira sa veste et resta ainsi, dans sa robe ordinaire qui laissait ses bras nus. Puis elle prit les gants et les enfila avec soin, mais sans but précis, ou en entrevoyant à peine des conséquences qu'elle ne comprenait pas. Elle prit plaisir à glisser chaque doigt dans un espace si doux et à faire monter la soie rouge jusqu'au-dessus du coude. Se concentrer sur ce geste inutile lui faisait du bien. Je pourrais apprendre beaucoup de choses ici, se dit-elle. Je veux revenir, je devrai m'habiller autrement, peut-être le Père me laissera-t-il revenir. Qui sait si la Fille est déjà venue ici. Et la Mère, encore adolescente, quel spectacle cela a-t-il pu être ? Glorieux. Elle examina ses mains, on aurait dit qu'elle les avait perdues et que quelqu'un venait de les lui rapporter. Elles doivent être ridicules, avec cette robe, se dit-elle. Elle s'en fichait. Elle se demanda s'il y avait à cet instant une chose dont elle ne se fichait pas. Non, rien. Puis elle s'aperçut qu'un homme s'était arrêté, debout devant elle. Elle leva les yeux : il était jeune, il semblait bien élevé et lui disait quelque chose, sans doute un bon mot — il souriait. Je ne t'écoute pas, songea la Jeune Épouse. Mais l'homme ne s'en allait pas. Je ne t'écoute pas, mais c'est vrai, tu es jeune, tu n'es pas ivre et tu portes une belle veste. Il continuait à lui sourire. Puis il se pencha avec élégance et lui demanda de belle façon s'il pouvait s'asseoir à ses côtés. La Jeune Épouse l'examina longuement, comme si elle devait récapituler tout un récit avant de pouvoir lui fournir une réponse. Enfin elle le laissa s'asseoir, sans lui rendre son sourire.

L'homme se remit à parler et la Jeune Épouse continua à le regarder fixement, mais elle n'écoutait pas un traître mot de ce qu'il disait. Pourtant, lorsqu'il lui tendit le verre de champagne qu'il tenait à la main, elle le porta à ses lèvres sans la moindre précaution. Il l'examina à son tour, l'air de vouloir percer quelque mystère.

Si vous ne comprenez pas, vous pouvez me poser la question, dit la Jeune Épouse.

Je ne vous ai jamais vue ici, dit l'homme.

Moi non plus, je ne me suis jamais vue ici. Et même maintenant, songea-t-elle, je ne m'y vois toujours pas.

L'homme se dit qu'il avait de la chance d'être tombé sur une fille inexperte et pure, ce qui, en pareilles circonstances, était rare et donc particulièrement excitant. Comme il savait que c'était souvent une habile mise en scène, il s'inclina pour poser ses lèvres sur le cou de la Jeune Épouse et, quand celle-ci se retira instinctivement, il commença à croire que, ce soir-là, la chance lui offrait bel et bien un plaisir qui rendrait ce moment mémorable, pour peu qu'il se montre patient.

Je vous prie de m'excuser, dit-il.

La Jeune Épouse le regarda.

Non, répondit-elle, ne faites pas attention. Recommencez, je n'étais pas prête, c'est tout.

L'homme se pencha de nouveau sur elle et la Jeune Épouse se laissa embrasser dans le cou, les yeux fermés. Elle songea que cet homme embrassait avec délicatesse. Il tendit alors la main pour lui effleurer le visage, une caresse chaste. Mais lorsqu'il s'écarta d'elle, il ne retira pas la main de son visage et s'attarda même pour le caresser encore un peu, jusqu'à ce que le bout de ses doigts aille effleurer les lèvres qu'il regardait fixement, sans le vouloir et à sa propre surprise. La robe de la Jeune Épouse cessa de lui sembler si curieusement mal choisie et, l'espace d'un instant, il douta de sa propre assurance. Elle savait pourquoi et, à son grand étonnement, elle prit les doigts de l'homme entre ses lèvres, les conserva ainsi durant quelques secondes brûlantes, puis elle tourna la tête et repoussa l'homme d'un geste courtois, observant qu'elle ne savait même pas qui il était. Qui je suis ? répéta celui-ci sans cesser d'examiner ses lèvres.

Vous pouvez inventer une histoire, dit la Jeune Épouse.

Il lui sourit et resta un moment à la regarder en silence, car il n'était plus très sûr de ce qui se passait.

Je ne vis pas ici, dit-il.

Où, dans ce cas ?

Ailleurs, peu importe, répondit-il. Puis il ajouta qu'il était chercheur.

En quoi ?

Il le lui expliqua et, sans trop savoir pourquoi, le fit en choisissant soigneusement ses mots afin qu'elle comprenne réellement.

Est-ce une invention ? demanda-t-elle.

Non.

Vraiment ?

Je vous le jure.

Il voulut l'embrasser sur la bouche, mais elle se retira et, au lieu de lui concéder un baiser, elle prit sa main et la posa sur ses genoux, la poussant ensuite vers le bord de sa robe, mais d'une manière indéchiffrable, qui pouvait faire l'effet d'une manœuvre insignifiante et millimétrique échappant à toute intention réelle. À ce moment-là, elle-même ne savait pas ce qu'elle cherchait. Mais elle s'aperçut que quelque part dans son corps, il y avait le désir absurde de se laisser toucher par la main de cet homme. Non qu'il lui plût, car au fond il lui était indifférent. Elle ressentait plutôt le besoin de se débarrasser d'une part d'elle-même, et ouvrir les jambes à la caresse de cet homme lui parut sur le moment la façon la plus rapide ou la plus simple de le faire. Elle lui lança un regard vide. L'homme ne parlait pas. Puis il glissa la main sous la robe, avec précaution. Il lui demanda qui elle était et d'où elle venait. La Jeune Épouse lui répondit. Tout en se demandant jusqu'où montaient ses bas et où commençait la peau sous les doigts de cet homme, elle se mit à parler. Étonnamment, elle entendit sa propre voix, calme et presque froide, dire la vérité. Elle raconta qu'elle avait grandi en Argentine et se surprit à évoquer le rêve de son père, la pampa, les troupeaux de bétail et la grande maison au milieu de nulle part. Elle lui parla de sa famille. Ça n'avait pas de sens, mais je lui racontai tout. Avec lenteur et élégance, il caressait mon genou, parfois en gardant la paume immobile et en ne bougeant que les doigts. Je lui dis que ce qui avait paru facile en Italie s'était révélé bien plus compliqué là-bas et, sans m'en apercevoir ou presque, je confiai pour la première fois mon secret à quelqu'un, j'expliquai qu'à un certain moment mon père avait dû vendre tout ce qu'il possédait en Italie pour pouvoir entretenir son rêve. Je dis qu'il poursuivait ses illusions avec entêtement et qu'il se trompait avec courage. Il avait donc vendu tout ce que nous avions pour payer ses dettes et recommencer un peu plus à l'est, là où la couleur de l'herbe lui semblait la bonne et où une voyante lui avait prédit la fortune, tardive mais colossale. L'homme écoutait. Il me fixait droit dans les yeux, puis son regard descendait jusqu'à mes lèvres — je savais pourquoi. Sa main se mit à remonter sous ma robe et je la laissai faire car, étrangement, c'était ce que je voulais. J'expliquai que là-bas, il y avait des règles que nous ne comprenions pas. Ou peut-être ne comprenions-nous pas la terre, l'eau, le vent, les bêtes. Nous étions les derniers arrivés au milieu de guerres ancestrales, et les gens avaient une idée curieuse de la propriété, une vision floue de la justice. La violence était invisible, facile à percevoir mais difficile à interpréter. Je ne me rappelle pas exactement quand, dit la Jeune Épouse, mais à un certain moment nous avons tous eu la certitude que les choses tombaient en morceaux et que si nous restions là ne serait-ce qu'un jour de plus, il n'y aurait plus aucun moyen de faire marche arrière. L'homme se pencha pour l'embrasser sur la bouche, mais elle se retira de nouveau, car elle devait finir de donner un nom à une certaine vérité et c'était la première fois qu'elle le faisait à voix haute. Les hommes de la famille se sont regardés dans les yeux, dit-elle, et le seul qui n'a pas baissé les siens, ce fut mon père. Alors j'ai compris que nous ne nous en sortirions pas.

Sans cesse de me caresser, l'homme m'observa, peut-être essayait-il de comprendre si je croyais vraiment à ce que je disais. Je me tus et me contentai de le regarder d'un air gracieux qui avait quelque chose de provocant. Je sentais sa main sous ma robe, entre mes jambes, et soudain je songeai que je pouvais faire d'elle ce que je voulais. C'est incroyable comme le fait d'énoncer à voix haute une vérité trop longtemps enfouie peut rendre arrogant, sûr de soi, ou je ne sais pas : fort. Je penchai d'un rien la tête en arrière, fermai les yeux et sentis sa main remonter entre mes jambes. Il suffit d'un petit soupir pour l'attirer là où les bas finissaient et la sentir sur ma peau. Je me demandai si j'étais capable de l'arrêter. Alors j'ouvris les yeux et, d'une voix ridiculement douce, je racontai que le soir, mon père faisait exactement ce geste avec sa main noueuse — il s'asseyait à côté de moi et, tandis que mes frères sortaient de la pièce sans un mot, il glissait de cette façon sa main de bois usé sous ma robe. L'homme se figea. Sa main redescendit vers mon genou, mais sans mouvement brusque, simplement comme si c'était ce qu'il avait voulu faire depuis un moment. Ce n'était plus le père que j'avais connu, dit la Jeune Épouse, c'était un homme brisé. Nous étions si isolés que le vol d'un faucon constituait déjà une présence et un homme apparu sur la crête de la colline un événement. En disant cela, elle était délicieuse, tant sa voix était ferme et ses yeux perdus dans un lointain obscur. L'homme se pencha alors sur elle pour embrasser sa bouche, un geste dans lequel lui-même n'aurait su distinguer l'urgence du désir de l'instinct de protection. La Jeune Épouse se laissa embrasser, car à cet instant elle remontait la pente de la vérité et tout le reste lui était indifférent — elle suivait une autre direction. Elle la sentit à peine, la langue de cet homme, elle s'en fichait. Elle devina, mais de façon périphérique, que sous la robe, la main de l'homme remontait vers son sexe. Elle se déroba à sa bouche et ajouta que pour finir, la seule solution qu'on avait trouvée, ç'avait été de s'entendre avec certaines personnes, là-bas, ce qui signifiait qu'elle aurait dû épouser un quasi-inconnu. Ce n'était d'ailleurs pas un homme déplaisant, dit en souriant la Jeune Épouse, mais j'étais promise à un garçon que j'aimais, ici en Italie. Que j'aime, précisai-je. J'écartai à peine les jambes, ce qui permit aux doigts de cet homme de trouver mon sexe. J'avais donc annoncé à mon père que je ne le ferais pas et que je partirais, comme il était prévu depuis le début, afin de me marier ici, rien n'aurait pu m'en empêcher. Il avait dit que si je faisais cela, je causerais

sa ruine. Il avait dit que si je partais, il se tue-
rait le lendemain même. De ses doigts, l'homme
ouvrit mon sexe. Je racontai que je m'étais enfuie
en pleine nuit avec l'aide de mes frères, sans
me retourner avant d'avoir atteint l'autre rive.
Et quand l'homme glissa les doigts dans mon
sexe, je dis que mon père s'était tué le lendemain de ma fuite. L'homme s'interrompit. On
prétend qu'il était ivre et qu'il est tombé dans
une rivière, expliquai-je. Mais je sais, moi, qu'il
s'est tiré une balle dans la tête avec son fusil, car
il m'avait décrit très précisément ce qu'il ferait
et m'avait assurée qu'il n'aurait aucune peur ni
aucun remords de dernière minute. L'homme
me regarda alors dans les yeux, il voulait comprendre ce qui se passait. Avec douceur, je pris
sa main et la retirai de sous ma robe, je la por-
tai à ma bouche et gardai ses doigts entre mes
lèvres pendant un instant. Puis je lui dis que je
lui serais infiniment reconnaissante s'il avait la
courtoisie de bien vouloir me laisser seule. Il me
regarda sans comprendre. Je vous serais infiniment reconnaissante si vous aviez la courtoisie
de bien vouloir me laisser seule, répéta la Jeune
Épouse. L'homme posa une question. Je vous
en prie, dit la Jeune Épouse. Alors, mû par un
réflexe instinctif de bonne éducation, il se leva
sans comprendre ce qui venait de lui arriver.
Il prononça une phrase de circonstance, mais
ensuite il resta debout là, à prolonger quelque
chose mais sans savoir quoi. Pour finir, il dit que
ce n'était pas la meilleure façon de divertir un

homme, dans ces lieux. Je ne puis vous donner tort, admit la Jeune Épouse, et vous prie d'accepter mes excuses. Mais elle était calme, sans l'ombre d'un regret. L'homme s'inclina et prit congé. Plus tard, dans sa vie, il s'efforcerait d'oublier cette rencontre, mais sans jamais y parvenir, ou encore de la raconter à quelqu'un, sans trouver les mots justes.

Ils vous vont bien, dit le Père en désignant les longs gants rouges.

La Jeune Épouse lissa un pli de sa robe.

Ils ne sont pas à moi.

Dommage. Nous y allons?

Ils refirent le chemin en train, de nouveau seuls et assis l'un en face de l'autre, dans la lumière d'un long crépuscule, et quand j'y repense à présent, malgré les années qui ont passé je peux me rappeler en détail la posture fière que j'adoptai, le dos droit qui ne touchait pas le dossier, tandis que je luttais contre une fatigue écrasante. C'était de l'orgueil, mais tel que le sang en produit uniquement dans la jeunesse — et qu'il associe par erreur à la faiblesse. Les soubresauts du train me tenaient éveillée, et aussi le doute qu'une infamie définitive ne se fût déversée en un jour dans le creux de mon existence, comme dans une bassine qu'il serait désormais impossible de vider : je parvenais tout juste à l'incliner assez pour voir couler le liquide opaque de la honte — je le sentais goutter lentement, sans savoir quoi penser. Si j'avais été lucide, si j'avais eu mille autres vies, j'aurais au contraire su que ce jour étrange, de confessions et de bizarreries, m'avait donné une leçon qu'il m'a par la suite fallu des années pour retenir, après bien des errements. Chaque détail de ce que j'avais fait durant ces heures — et écouté, dit, vu — me répétait que ce sont les corps qui dictent leurs conditions à la vie, le reste n'est qu'une conséquence. À ce moment-là, je n'arrivais pas à le croire, comme tout le monde, quand j'étais jeune je m'attendais à quelque chose de plus complexe, de plus sophistiqué. Mais aujourd'hui je ne connais pas d'histoire, la mienne ou celle des autres, qui n'ait commencé par le mouvement animal d'un corps — se pencher, se blesser, boiter —, parfois un geste brillant et souvent des instincts obscènes qui viennent de loin. Tout y est déjà inscrit. Les pensées viennent après, elles dessinent toujours une carte rétrospective à laquelle nous attribuons une forme de précision, par convention ou par paresse. C'est sûrement ce que le Père avait en tête de m'enseigner, lorsqu'il fit le geste à première vue absurde de conduire une jeune fille dans un bordel. Des années plus tard, je dois admettre que c'était d'une courageuse justesse. Il voulait m'emmener dans un endroit où il me serait impossible de me défendre contre la vérité — et où je devrais inévitablement l'écouter. Ce qu'il avait à me dire, c'est que la trame de destins que le métier de nos familles avait tissée était parcourue d'un fil primitif, animal.

Et que nous avions beau chercher des explications plus élégantes ou artificielles, notre origine à tous était gravée dans les corps en lettres de feu — qu'il s'agisse d'une inexactitude de cœur, du scandale d'une beauté imprudente ou de la brutale nécessité du désir. C'est ainsi qu'on vit dans l'illusion de recomposer ce que le geste humiliant d'un corps ou son geste splendide a bouleversé. On meurt, après un dernier geste splendide du corps, ou un geste humiliant. Tout le reste n'est qu'un ballet inutile, rendu inoubliable par des danseurs merveilleux. Je le sais maintenant, mais je l'ignorais alors — et dans ce train, j'étais trop fatiguée, orgueilleuse ou effrayée, je ne sais pas, pour le comprendre. J'étais là, le dos droit et c'est tout. J'observais le Père : il avait retrouvé son allure d'homme débonnaire, accessoire — il serrait ses mains, qui étaient posées dans son giron, et les examinait. De temps en temps, il levait les yeux vers la vitre, mais juste un instant. Puis il regardait de nouveau ses mains. Un vrai spectacle. Il lui suffit de mettre en relation ce qu'elle venait d'apprendre à son sujet avec le personnage insignifiant qui se trouvait en face d'elle, et la Jeune Épouse comprit soudain qu'elle trouvait cet homme irrésistible. Elle remarqua pour la première fois l'habileté extraordinaire avec laquelle le Père savait dissimuler la force qu'il possédait, les tours de magie dont il était capable et l'ambition démesurée que servait sa vie. Un joueur professionnel, qui gagnait grâce à des cartes invisibles. Un fantastique bluff. Elle vit sur lui une beauté que pas une seconde, avant ce jour-là, il ne lui était arrivé de soupçonner. Dans ce train en marche, elle savoura leur solitude, et aussi le fait d'avoir été *eux deux* le temps d'une journée. Elle avait dix-huit ans : elle se leva, vint s'asseoir à côté de lui et, quand elle sut qu'il ne cesserait pas d'examiner ses mains, posa sa tête sur son épaule et s'endormit.

Le Père vit dans ce geste une sorte de résumé, l'ensemble des choses que la Jeune Épouse pouvait avoir pensé de ce qu'elle avait appris ce jour-là, et il lui parut d'une étonnante justesse. Il la laissa donc dormir et retourna à ce qui l'occupait, à savoir l'examen de ses mains. Il passait en revue les coups qu'il avait joués ce jour-là et en retira la paisible satisfaction d'un général qui, en changeant la disposition des troupes sur le champ de bataille, serait parvenu à un déploiement mieux adapté au terrain et moins vulnérable aux initiatives de l'ennemi. Il restait naturellement des détails à mettre au point, d'abord retrouver le Fils qui avait disparu mais, dans l'ensemble, cette journée de grandes manœuvres invitait à l'optimisme. Arrivé à cette conclusion, il cessa d'examiner ses mains et, en levant les yeux vers la vitre, il se livra à un rituel de l'esprit auquel il n'avait pu se consacrer depuis longtemps : mettre en discussion ses certitudes. Il en possédait un certain nombre, de divers types, qu'il mélangeait avec un plaisir infantile. Il partit de l'idée, qui ne faisait aucun doute à ses yeux, que l'été, il était vivement conseillé d'utiliser du savon à barbe parfumé aux agrumes. Puis il poursuivit avec la conviction, renforcée au fil des ans, qu'en réalité le cachemire n'existait pas, et se répéta ensuite que l'inexistence de Dieu était, elle, évidente. Quand il s'aperçut qu'il devait redescendre d'un cran, il passa directement à la dernière certitude de sa liste, car c'était celle qui lui tenait le plus à cœur, la seule qu'il n'avait jamais confiée à personne et à laquelle il réservait la part la plus héroïque de lui-même. Il ne la pensait jamais sans l'exprimer à voix haute.

Je ne mourrai pas la nuit, je le ferai à la lumière du jour.

Revenue de songes lointains, la Jeune Épouse souleva la tête de son épaule.

Vous avez dit quelque chose ?

J'ai dit que nous devions descendre, mademoiselle.

Quand ils sortirent de la gare, la Jeune Épouse était toujours muette, encore prise dans la toile d'araignée d'un réveil troublé. Modesto était venu les chercher et les conduisit à la maison en calèche, non sans remarquer, avec une note de joie dans la voix, les petites nouveautés de la journée : en effet, dans la Famille il était d'usage que tout retour, même le plus prévisible, apportât de l'allégresse dans les manières et du soulagement dans les gestes.

C'est seulement quand ils furent descendus de la calèche, à quelques pas du seuil, que la Jeune

Épouse prit le Père par le bras et s'arrêta. Imperturbable, Modesto continua sans se retourner, puis disparut par une porte latérale. La Jeune Épouse serra le bras du Père, mais sans quitter des yeux la large façade claire qui s'apprêtait à les avaler.

Et maintenant ? demanda-t-elle.

Le Père ne se démonta pas.

Nous ferons ce qu'il y a à faire, répondit-il.

C'est-à-dire ?

Quelle drôle de question : nous partirons en villégiature, ma chère.

Cette phrase m'a fait réfléchir : non pas quand je l'ai écrite, mais quelques jours plus tard, lorsque je me suis relu, allongé sur le divan, et je l'ai alors examinée de près. Au besoin, on pouvait même essayer de l'améliorer un peu. Par exemple : *C'est en plein jour, à la lumière du soleil, que je mourrai* sonnait de façon plus ronde. *Je veux mourir à la lumière du jour et c'est ce que je ferai* n'était pas mal non plus. En pareils cas, je lis les phrases à voix haute — du reste, le Père les disait, lui, à voix haute — et en les répétant, j'écoutais. D'un coup, ce fut comme si je ne l'avais pas écrite mais la recevais à ce moment-là, tombée de je ne sais quel lointain inconnu. Ce sont des choses qui arrivent. Le son était net, la forme régulière. *Je ne mourrai pas la nuit, je le ferai à la lumière du jour.* Elle ne venait pas de moi, elle était là, c'est tout : je me suis aperçu que je n'aurais pas su la formuler, mais qu'elle disait

178

une chose que je reconnaissais à présent sans hésitation. Elle me concernait. Je l'ai lue encore une fois et j'ai compris que tout ce qu'il me restait à désirer, maintenant que mon égarement semblait définitif, c'était en effet de mourir à la lumière du jour, même s'il était manifestement trop tôt pour employer le verbe *mourir* — *disparaître*, disons. Mais sûrement pas la nuit, ça me semblait tout à fait clair. À la lumière du jour. J'étais allongé sur le divan, je le répète, et j'accomplissais le seul geste que j'arrive encore à faire, ces temps-ci, avec assurance et une certaine maîtrise, c'est-à-dire écrire un livre. Mais soudain je n'écrivais plus, je *vivais* — une chose que je néglige de faire depuis longtemps, justement, ou qui m'est de moins en moins possible —, si *vivre* est le nom de ce rapide retour à soi dont j'ai fait l'expérience, de façon inattendue, tandis qu'allongé sur le divan je lisais à voix haute une phrase que j'avais écrite quelques jours auparavant et qui se représentait maintenant devant moi comme venue de loin, dans la lumière convaincante d'une voix qui n'était plus la mienne.

J'ai examiné la pièce. Les objets, l'ordre, l'obscurité. Le repaire d'un cinglé, avait dit L. Un tantinet excessive, comme toujours. Et pourtant.

Possible que ça doive se terminer ainsi?

De temps en temps — on l'aura remarqué —, il arrive qu'on se dise : possible que ça doive se terminer ainsi?

Pour ma part, je ne me l'étais pas dit depuis

longtemps, j'avais cessé de m'interroger. Écrasé de douleur, on dévale la pente, on ne s'aperçoit de rien et c'est fini.

Mais à ce moment-là, je me le suis dit — *Possible que ça doive se terminer ainsi ?* —, et il m'est apparu clairement qu'indépendamment de la direction que prenait mon existence, la lumière dans laquelle j'attendais de le découvrir était sans nul doute inappropriée, tout comme le décor dans lequel je lui permettais de s'avancer était absurde et l'immobilité dans laquelle je consommais cette attente, folle. Tout était injuste.

S'agissant de la pente que suivait ma vie, je ne me permettais pas de juger. Mais sur les arbres qui la bordaient, j'avais mon mot à dire, ça oui.

Je ne mourrai pas la nuit, je le ferai à la lumière du jour.

Voilà ce que j'avais à dire.

Honnêtement, jamais je n'aurais imaginé un tel retour de détermination et, maintenant encore, je m'étonne qu'il soit dû à une phrase lue dans un livre (qu'il s'agisse en plus d'un livre *à moi* est un détail plutôt douloureux). Ce que je peux dire, c'est que je l'ai prise au pied de la lettre — je ne mourrai pas la nuit, je le ferai à la lumière du jour —, car depuis un certain temps déjà, je n'avais plus l'énergie ni la fantaisie suffisante pour analyser les choses sur le plan symbolique, comme l'aurait sans nul doute exigé de moi le docteur (auquel j'ai du reste été condamné à verser la somme de douze mille

euros), qui m'aurait certainement poussé à traduire le mot *lumière* par un état d'âme nouveau
et le mot *nuit* par la projection de mes fantasmes
aveugles : des conneries, en somme. Plus simplement, j'ai pris la décision — puisque je ne
dispose pas, je l'ai dit, d'assez d'énergie et de
fantaisie pour faire autrement — d'aller vers la
mer. Non, pas exactement — après tout, je ne
suis pas si complètement dépourvu d'énergie et
de fantaisie. Mais il est vrai qu'au lieu d'imaginer
je ne sais quoi j'ai juste pu remonter jusqu'à un
matin d'il y a plusieurs années et à un bateau qui
m'emmenait sur une île, dans la lumière hiver-
nale. C'était dans le Sud. Le voyage était lent, la
mer calme. Si on s'installait sur le pont du bon
côté, on avait le soleil dans les yeux, mais s'agissant d'un matin de février, on était baigné de
lumière, c'est tout. Le bruit ouaté des moteurs
était réconfortant.

Il existe sans doute encore, me suis-je dit. Je
pensais au bateau.

Il fallait encore régler quelques détails qui
m'échappaient pour le moment (quelle île,
par exemple), mais naturellement nous parlons là d'obstacles surmontables et donc, avec
une détermination qui continue de m'étonner
aujourd'hui, je me suis levé du divan pour monter dans ce bateau, tout en étant parfaitement
conscient de la suite complexe de gestes qu'im-
pliquerait le passage de l'un à l'autre (à l'inverse,
il est remarquable que les mots *divan* et *bateau*
soient pratiquement collés l'un à l'autre dans

la simplicité d'une phrase écrite). Je me rappelle avoir mis une vingtaine de minutes avant de laisser derrière moi mon appartement — et, plus généralement, un ensemble de certitudes partielles, ainsi que les ténèbres organisées dans lesquelles je m'étais plongé. Si l'on imaginait le peu de choses qui permet de les démanteler, on ne perdrait pas autant de temps à dresser des défenses stratégiques contre les affronts de la vie. Il m'a suffi d'assez de temps pour rassembler quelques objets à emporter — le chiffre onze me vient à l'esprit —, onze objets, donc, que j'ai choisis avec délices. Tandis que je le faisais, dans ma tête la Famille voguait vers sa villégiature au même rythme, un ample mouvement collectif que j'ai ensuite eu plaisir à fixer dans la trace nette de l'écriture à une table d'un minuscule hôtel, le premier sur la route du Sud, durant cette première nuit de l'après-éternité. Comme je devais disposer les choses en bon ordre, j'ai commencé par rappeler qu'aux yeux de tous la villégiature représentait un usage contrariant, sous la forme de deux semaines à passer dans les montagnes françaises : je ne sais pas exactement où, mais je crois avoir déjà dit que la chose était vécue comme une obligation et donc supportée avec une élégante résignation.

Afin de réduire les contrariétés au minimum, on avait recours à de fragiles expédients, dont le plus curieux consistait à éviter de faire les valises. Par la suite, on achèterait tout sur place. Le seul qui possédait des malles et s'obstinait à s'en ser-

vir, c'était l'Oncle, qui aimait emporter à sa suite
tout ce qu'il avait, sans vaines demi-mesures. Il
les préparait lui-même et, comme il le faisait en
dormant, cela lui prenait parfois des semaines. À
l'inverse, les autres s'y mettaient le matin même
du départ, glissant des objets à l'utilité incertaine
dans de petits sacs qu'ils oubliaient ensuite. Il
y avait des constantes : la Mère, par exemple,
ne partait jamais sans prendre son oreiller, des
cartes postales qu'elle n'avait pas eu le temps
de rédiger au cours des voyages précédents, de
petits sacs de lavande et la partition d'une chan-
son française dont elle avait perdu la dernière
page. Le Père tenait à emporter un manuel
d'échecs, la Fille un bloc et des gouaches (et,
pour des raisons mystérieuses, elle laissait à la
maison les teintes qui vont du bleu ciel au bleu
marine). Jusqu'à sa disparition, le Fils démontait
la pendule de l'escalier et en prenait les morceaux, qu'il se promettait de remonter pendant
les vacances. Une telle sélection d'objets produisait une somme extravagante de bagages, et le
montant total de regrets était élevé : souvent, il
devenait nécessaire de laisser à la maison de précieux fragments de la folie commune.

La maison, Modesto s'en chargeait. Dans ce
domaine-là aussi, on demeurait fidèle à un proto-
cole dont la rationalité, si elle existait, plongeait
ses racines dans un passé à présent dépourvu
d'explication. On couvrait tous les meubles avec
des draps en lin, on remplissait les placards de
denrées non périssables, on entrouvrait tous les

volets sauf ceux qui étaient exposés au sud, on roulait les tapis, on retirait les tableaux des murs et on les posait par terre (il y avait bien un motif, mais nul ne s'en souvient), on cessait de remonter les pendules, on mettait des fleurs jaunes dans tous les vases, on préparait la table comme pour le petit-déjeuner de vingt-cinq personnes, on enlevait les roues à tout ce qui en possédait et on jetait tous les vêtements qu'on n'avait pas portés au moins une fois durant la dernière année. On veillait tout particulièrement à respecter le précieux rituel consistant à laisser partout dans la maison des gestes inachevés : c'était, semble-t-il, la garantie absolue qu'on viendrait les terminer. C'est pour cette raison qu'une fois la Famille partie, les pièces révélaient à un regard attentif tout un empilement d'actions interrompues à leur moitié : un blaireau couvert de savon à barbe, des parties de cartes abandonnées au moment crucial, des bassines remplies d'eau, des fruits à moitié pelés, une tasse de thé non bue. On ouvrait généralement une partition sur le pupitre du piano à l'avant-dernière page et il restait toujours une lettre non signée sur le bureau de la Mère. On accrochait au mur de la cuisine une liste de commissions apparemment très urgentes, on glissait dans les tiroirs de précieux travaux au crochet à finir et, sur la table de billard, un coup génial était mystérieusement procrastiné. Si on avait pu les voir, on aurait aperçu flottant dans l'air des pensées seulement ébauchées, des souvenirs incomplets, des illusions à entretenir et des poèmes sans chute : on se disait que le sort pourrait les voir. On complétait le tout en oubliant une bonne part des bagages dans les couloirs au moment des adieux — un geste douloureux mais jugé décisif. À la lumière d'un tel soin, l'idée que les périls inhérents au voyage risquent d'empêcher le retour à la maison de l'un d'entre eux passait pour complètement ridicule.

Non qu'on pût y mettre un tel soin sans que la chose prenne un certain temps. La Famille entreprit donc d'organiser son départ à l'avance et, quotidiennement, dirigea avec douceur la flèche des objets vers la cible que représentait LE JOUR DU DÉPART. Dans la pratique, cela signifiait que chacun continuait à faire exactement comme d'habitude, mais qu'on donnait à chacun de ses gestes une certaine nuance de précarité due à l'imminence des adieux, en soustrayant de ses pensées tout reliquat d'accent dramatique, rendu inutile par l'amnistie spirituelle qui s'annonçait. On l'a dit, seul l'Oncle procédait à des travaux de grande ampleur (faire ses malles). Pour le reste, l'activité fébrile du personnel de maison se chargeait de rendre tangible l'imminence de : LE JOUR DU DÉPART. C'était une pieuvre, dont Modesto incarnait la tête et les autres domestiques les tentacules. La consigne était d'agir avec beaucoup d'élégance, mais sans hésitation inutile. Par exemple, comme tous les coussins de la maison étaient retirés et rassemblés dans un même placard au nom d'une habitude inexplicable, la moindre des choses qui pouvait vous arriver était qu'on vous enlève de sous le cul, avec une certaine classe, celui qui protégeait délicatement l'osier des chaises à la table des petits-déjeuners : quand cela se produisait, on ne cessait pas de converser pour autant, on se soulevait simplement d'un rien, comme mû par un irrépressible besoin de libérer un gaz, et on laissait le domestique en question faire son devoir. De la même façon, ils pouvaient vous priver d'un sucrier, d'une paire de chaussures ou, dans les cas les plus tragiques, d'espaces entiers : soudain, on découvrait que l'usage de l'escalier avait été suspendu. Ainsi, tandis que ses habitants persistaient à ignorer l'échéance imminente et repoussaient LE JOUR DU DÉPART dans un futur proche mais aux contours flous, la maison avançait vers son but de manière irrésistible : cela entraînait une double vitesse — celle de l'esprit et celle des choses — qui ouvrait grand le calme de ces jours à l'incursion de dissymétries surréalistes. Il y avait des gens qui s'installaient sans broncher à des tables à présent disparues, des invités qui arrivaient en retard à des manifestations encore à venir, des miroirs qui, une fois déplacés, reflétaient des événements survenus des heures plus tôt, des bruits qui persistaient dans l'air, orphelins de leurs origines, et qui flottaient dans les pièces, jusqu'au moment où Modesto prenait sur lui de les ranger provisoirement dans des tiroirs déjà marqués d'une croix à la peinture rouge (au retour, il était rare qu'on se souvînt de les libérer, chose qu'on préférait faire par jeu à l'occasion du Carnaval : parfois, des amis ou des connaissances passaient tardivement retirer une phrase ou un bruit corporel qu'ils avaient égarés l'été précédent. Pour ne prendre qu'un exemple, l'avocat Squinzi parvint à récupérer un rot de l'année précédente dans un tiroir où, curieusement, avaient aussi trouvé place un rire hystérique de sa femme et le début d'une averse de grêle qui, à l'époque, avait fait s'envoler le prix des pêches. Don Giustelli, excellent homme de Dieu que j'eus la chance de connaître et de fréquenter, m'avoua un jour qu'il avait l'habitude d'assister à l'ouverture des tiroirs et qu'il en profitait alors pour faire des provisions de réponses. Vous savez, là-dedans il y en a des tonnes, me dit-il. J'ai fini par avoir la certitude — m'expliqua-t-il — que durant la phase qui précède LE JOUR DU DÉPART, de nombreuses réponses se perdent dans cette maison, car on leur prête moins d'attention (et parfois aucune). Elles restent suspendues, on le sait bien, avant d'échouer dans les fameux tiroirs. En général, j'épuise ma réserve de questions dès février, ajoutait don Giustelli, comme vous pouvez l'imaginer c'est donc pratique d'en dénicher quelques-unes dans ces tiroirs, qui plus est sans devoir débourser un centime. Que des réponses de premier choix, soulignait-il. Et de fait, quand il m'en montra certaines, je dus convenir que, sur le plan formel, elles étaient presque tou-

187

jours d'un niveau supérieur à la normale. Il y en avait de magnifiquement synthétiques — *Jamais, pour toujours* — et ne manquaient pas celles qui étaient pourvues d'une élégante musicalité — *Pas par vengeance, le cas échéant par stupeur, à la limite par hasard.* (Pour ma part, je trouvais toujours ces réponses *déchirantes.* Le fait qu'on ne pouvait plus les relier à aucune question était bien sûr intolérable. Ce n'était pas un problème que pour moi. Il y a quelques années, la plus jeune fille des Ballard, alors âgée de vingt ans, avait tenu à assister à l'ouverture des tiroirs afin de récupérer un accord de guitare qui l'avait fait rêver l'été précédent, mais elle ne put le trouver. Tandis qu'elle se frayait un chemin parmi les sons, elle tomba en lieu et place sur une réponse dont elle n'arriva pas à se défaire et qu'elle finit par emporter chez elle, convaincue que son cerveau grillerait si elle ne trouvait pas la question à laquelle cette réponse correspondait. Elle passa les treize mois suivants à interroger des dizaines de personnes, uniquement dans le but pressant d'identifier ladite question. Pendant ce temps, déposée dans son esprit, la réponse brillait de splendeur et de mystère. Le quatorzième mois, elle se mit à écrire des poèmes et, le seizième, son cerveau finit par éclater. Brisé de douleur, son père voulut comprendre ce qui l'avait anéantie de cette façon. Il jugeait curieux qu'une jeune fille si intelligente eût été bernée par la disparition d'une question plutôt que par la brutalité d'une réponse. Et comme c'était un homme doté d'un très grand sens pratique ainsi que d'une formidable sagesse, il vainquit sa douleur, se rendit auprès de Modesto et lui demanda s'il avait entendu cette réponse.

Naturellement, répondit Modesto.

Vous rappelez-vous également la question ? insista le comte.

Bien sûr, répondit Modesto.

En réalité, il ne se rappelait pas le plus petit début. Mais c'était un homme sensible, il avait lu beaucoup de livres et désirait sincèrement aider ce père.

*Combien de temps devrai-je patienter avant de connaître les raisons de votre bonheur et le sens de votre désespoir ?*

Le comte le remercia, lui tendit un raisonnable pourboire et rentra donner la nouvelle chez lui. Sa fille accueillit la question tant recherchée avec un calme apparent puis, le lendemain, elle rejoignit un couvent des environs de Bâle et entra dans les ordres. (Elle deviendra l'auteure du singulier *Manuel pour jeunes filles endormies* qui eut tant de succès, comme on le sait, peu avant la guerre. Signé d'un *nom de plume** — Hérodiade —, il proposait des exercices de spiritualité quotidiens destinés aux jeunes filles dépourvues de guide intellectuel approprié ou de vigueur morale. Pour autant que je m'en souvienne, il exposait des préceptes d'une curieuse nature, mais faciles à appliquer, des choses comme : ne manger que des aliments jaunes, courir au lieu de marcher, toujours dire oui, parler aux animaux, dormir nue, faire mine d'être enceinte, bouger au ralenti, boire toutes les trois minutes, mettre les chaussures d'autrui, penser à voix haute, se raser le crâne, se comporter comme une poule marseillaise. L'auteure suggérait de pratiquer chaque exercice pendant douze heures. Pour elle, ces apprentissages devaient servir à encourager chez les jeunes filles le sens de la discipline et la satisfaction qu'on éprouve en acquérant une certaine indépendance d'esprit. J'ignore si les résultats furent à la hauteur de ses attentes, mais je me rappelle distinctement que quelque temps avant d'obtenir le succès, l'auteure mit au monde des jumeaux qu'elle baptisa Primo et Secondo, et qu'elle prétendit les avoir eus par l'intercession de saint Michel. (Naturellement, lorsque mon éditeur les lira dans quelques mois, de telles digressions lui paraîtront tout à fait superfétatoires et tristement peu utiles à l'avancée du récit. Avec sa proverbiale courtoisie, il m'invitera à les supprimer et je sais déjà que je n'en ferai rien. Mais la probabilité que j'aie raison, moi, n'est pas forcément plus élevée, je peux d'ores et déjà l'admettre. Le fait est que certains écrivent des livres et que d'autres les lisent : Dieu seul sait qui est le mieux placé pour y comprendre quelque chose. Le cœur d'une terre est-il plus accessible à celui qui l'observe pour la première fois avec émerveillement à l'âge adulte ou à celui qui y est né ? Nul ne le sait. Tout ce que j'ai appris en la matière tient en quelques lignes. On écrit de cette façon comme on pourrait faire l'amour avec une femme, par une nuit sans lune et dans les ténèbres les plus profondes, et donc sans jamais la voir. Puis, le lendemain soir, les premiers venus l'emmèneront dîner au restaurant ou assister aux courses de chevaux et, dès l'abord, ils sauront qu'ils n'arriveront pas même à l'effleurer, moins encore à coucher avec elle. Tout le monde a quelque chose qui cloche et il est rare que le sortilège se brise. Dans le doute, j'ai tendance à me fier à ma cécité et à m'en remettre à la mémoire de ma peau. C'est pourquoi je vais maintenant refermer quatre parenthèses et le faire avec une tranquille assurance, bercé par le mouvement de ce train régional qui me conduit dans le Sud.)))) Et voilà.

Il va sans dire qu'un tel tourbillon d'urgences finit par détourner l'attention des objets envoyés d'Angleterre qui, de leur côté, apparaissaient à échéances de plus en plus espacées, un decrescendo que personne, en toute honnêteté, n'était capable d'interpréter. Certes, on livra une pinte de bière irlandaise, mais c'était ponctuel, au point qu'il fallut attendre sept jours, pas moins, avant que n'arrive un paquet, aux dimensions du reste limitées et au contenu discutable : lorsqu'on l'ouvrit, on y trouva un livre, qui plus est d'occasion. C'est à peine si les habitants de la maison remarquèrent son apparition, puis ils l'oublièrent aussitôt après. Mais la Jeune Épouse, elle, ne l'oublia pas et, sans se faire voir, elle parvint à récupérer le livre, qu'elle garda secrètement pour elle. Ce n'était pas n'importe quel livre, c'était *Don Quichotte*.

Pendant quelques jours, elle l'enfouit dans sa chambre et parmi ses pensées. Régulièrement, elle se demandait si elle ne risquait pas d'accorder trop d'importance à un simple clin d'œil du hasard, dans lequel elle voulait voir un message qui lui aurait été destiné. Elle écouta son propre cœur avec beaucoup d'attention, puis elle demanda un entretien au Père et, l'ayant obtenu, se présenta dans son bureau un soir à sept heures, une fois les tâches de la journée conclues et tandis que le sauve-qui-peut vespéral s'annonçait. Elle s'était habillée avec soin. Elle parla doucement, debout et en séparant bien les mots, pleine d'assurance. Elle demanda la permission de ne pas aller en villégiature et d'attendre dans la Maison. Je suis persuadée que le Fils sera bientôt de retour, dit-elle.

Le Père leva les yeux des papiers qu'il était en train de classer et la regarda, étonné.

Vous voulez rester seule dans cette maison ?

Oui.

Le Père sourit.

Personne ne reste dans cette maison quand nous allons en villégiature, fit-il observer avec sérénité.

Comme la Jeune Épouse ne bougeait pas, le Père choisit de recourir à un argument qu'il pensait décisif.

Même Modesto ne reste pas dans cette maison quand nous allons en villégiature, ajouta-t-il.

C'était objectivement un argument inattaquable, pourtant la Jeune Épouse ne parut guère impressionnée.

C'est que le Fils sera bientôt de retour, répéta-t-elle.

Vraiment?

Je le crois, oui.

Comment le savez-vous?

Je ne sais pas. Je le sens.

Sentir, c'est peu, ma chère.

Mais parfois c'est beaucoup, monsieur.

Le Père l'examina quelques instants. Ce n'était pas la première fois qu'il notait chez elle cette douce effronterie et, chaque fois, il ne pouvait s'empêcher d'être fasciné. C'était un trait de caractère malvenu, mais il y devinait la promesse d'une force patiente, qui serait capable de vivre n'importe quelle vie la tête haute. C'est pourquoi, en voyant la Jeune Épouse arc-boutée sur ses positions, l'espace d'une seconde il se dit que ce pourrait être une bonne idée de tout lui révéler : lui annoncer que le Fils avait disparu et lui avouer qu'il ne savait pas du tout comment résoudre le problème. Mais il en fut dissuadé par le soupçon, surgi de nulle part, que là où une approche rationnelle de la question avait échoué, la ferveur illimitée de cette jeune fille pût réussir. Dans un éclair d'étrange lucidité, il songea que le Fils ne reviendrait pour de bon que s'il permettait, lui, à cette fille de l'attendre *réellement*.

Personne n'est jamais resté dans cette maison

quand nous allons en villégiature, répéta-t-il, plus pour lui-même que pour la Jeune Épouse.

Est-ce si important?

Je le crois, oui.

Pourquoi?

C'est par la répétition des gestes que nous arrêtons la course du monde. Comme lorsqu'on tient la main d'un enfant pour éviter qu'il ne se perde.

Peut-être qu'il ne se perdra pas. Peut-être qu'il se mettra juste à courir un peu et qu'il sera heureux.

Je ne me ferais pas trop d'illusions là-dessus.

Et d'ailleurs, tôt ou tard il se perdra, vous ne croyez pas?

Le Père pensa au Fils et aux mille fois où il avait tenu sa main.

C'est possible, dit-il.

Pourquoi ne me faites-vous pas confiance?

Parce que vous avez dix-huit ans, mademoiselle.

Et donc?

Il vous reste encore beaucoup à apprendre avant d'être en droit de penser que vous avez raison.

Vous plaisantez, n'est-ce pas?

Je suis tout à fait sérieux.

Vous aviez vingt ans quand vous avez recueilli une femme et un enfant que vous n'aviez pas choisis. Quelqu'un vous a-t-il dit que vous étiez trop jeune pour le faire?

Pris au dépourvu, le Père fit un geste vague dans l'air.

C'est une autre histoire, dit-il.

Vous trouvez?

Le Père fit un autre geste indéchiffrable.

Non, vous ne trouvez pas, répondit la Jeune Épouse à sa place. Vous savez bien que nous trempons tous dans une seule et même histoire, qui a débuté il y a bien longtemps et qui n'est pas terminée.

Je vous en prie, mademoiselle, asseyez-vous. Vous voir debout me rend nerveux.

Et il posa une main sur son cœur.

La Jeune Épouse s'assit en face de lui. Puis elle chercha en elle une voix très calme et très douce.

Vous ne pensez pas que je pourrais m'en sortir, seule dans cette maison. Mais vous ignorez à quel point elle était grande et isolée, notre maison en Argentine. Ils me laissaient là pendant des jours. Je n'avais pas peur alors et je n'aurai pas peur maintenant, soyez-en sûr. Je ne suis qu'une gamine, mais j'ai traversé deux fois l'océan, dont une pour venir jusqu'ici, seule, et je l'ai fait en sachant que je tuais mon père. J'ai l'air d'une gamine, mais je n'en suis plus une depuis longtemps.

Je le sais, dit le Père.

Faites-moi confiance.

Ce n'est pas la question.

Alors quelle est question?

Je n'ai pas l'habitude de croire que l'irrationnel peut être efficace.

Plaît-il?

Vous voulez rester ici parce que vous *sentez* que le Fils va arriver, n'est-ce pas ?

C'est exact.

Je n'ai pas l'habitude de prendre des décisions en fonction de ce que l'on *sent*.

Peut-être n'ai-je pas choisi le bon terme.

Trouvez-en un meilleur.

Je sais. Je *sais* qu'il reviendra.

Sur quoi repose cette conviction ?

Vous croyez connaître le Fils ?

Le peu qu'il est possible de connaître ses enfants. Ce sont des continents immergés, dont on ne voit que ce qui dépasse de l'eau.

Mais pour moi, ce n'est pas un enfant, c'est l'homme que j'aime. Pouvez-vous admettre que j'en sache un peu plus à son sujet ? Je ne dis pas *sentir*, je dis *savoir*.

C'est possible.

Et ça ne vous suffit pas ?

En un éclair, le soupçon lui revint que, si seulement il permettait à cette fille d'attendre *réellement* le Fils, celui-ci pût réapparaître.

Il ferma les yeux et, les coudes posés sur son bureau, posa la paume de ses mains sur son visage. Du bout des doigts, il suivait les rides de son front. Puis il demeura longuement ainsi. La Jeune Épouse ne dit rien, elle attendait. Elle se demandait ce qu'elle aurait pu ajouter pour faire plier la volonté de cet homme. L'espace d'un instant, elle songea à lui parler de *Don Quichotte*, mais elle comprit aussitôt que cela ne ferait que compliquer les choses. Il n'y avait rien d'autre qu'elle pût ajouter, à présent il s'agissait seulement d'attendre.

Le Père releva la tête, il se replongea tranquillement dans son fauteuil et s'appuya contre le dossier.

Comme on vous l'a sans doute signalé l'autre jour en ville, je me retrouve depuis des années à devoir remplir une tâche que j'ai choisie, dit-il, et qu'avec le temps j'ai appris à aimer. Je m'efforce de mettre de l'ordre dans le monde, en quelque sorte. Pas le monde entier, évidemment, juste la petite partie qui m'a été confiée.

Il s'exprimait avec beaucoup de calme, mais en cherchant ses mots.

Ce n'est pas une tâche facile, ajouta-t-il.

Il prit un coupe-papier sur le bureau et le retourna entre ses mains.

Ces derniers temps, j'ai acquis la certitude de ne pouvoir la mener à terme qu'en faisant un certain geste, dont je ne peux contrôler qu'une partie négligeable des détails.

Il leva les yeux vers la Jeune Épouse.

C'est un geste qui a à voir avec le fait de mourir, reprit-il.

La Jeune Épouse ne broncha pas.

Depuis, il m'arrive souvent de me demander si je serai à la hauteur, dit le Père. Je dois aussi tenir compte du fait que, pour des raisons auxquelles je ne saurais trouver d'explications satisfaisantes, je me retrouve à devoir affronter cette épreuve et les autres dans la plus totale solitude ou du moins sans la présence de la bonne personne à mes côtés. Ce sont des choses qui arrivent.

La Jeune Épouse hocha la tête.

C'est pourquoi je me demandais s'il ne serait pas trop audacieux de ma part d'aller jusqu'à solliciter de votre part une faveur.

La Jeune Épouse leva d'un rien le menton, sans changer de regard.

Le Père posa le coupe-papier sur le bureau.

Ce jour-là, quand je serai face à l'urgence d'accomplir ce geste, aurez-vous la gentillesse de m'accompagner?

Il le dit froidement, comme il aurait pu annoncer le prix d'un tissu.

Il est également possible, ajouta-t-il, que le jour venu vous ne soyez absolument pas dans cette maison. Il est même raisonnable de penser que je me serai depuis longtemps habitué à ne plus avoir de vos nouvelles. Cependant, je saurai où vous trouver et je vous ferai appeler. Je ne vous demanderai rien de particulier, il me suffira de vous avoir auprès de moi, de converser avec vous et d'entendre votre voix. Je sais que j'aurai une grande hâte, ce jour-là, ou bien trop de temps devant moi : voulez-vous me promettre de m'aider à passer ces heures ou ces minutes de la façon qui convient?

La Jeune Épouse rit.

Vous me proposez un marché, dit-elle.

Oui.

Vous me laisserez seule dans cette maison si je promets de venir vous voir ce jour-là.

C'est exact.

La Jeune Épouse rit de nouveau, puis elle pensa à quelque chose et redevint sérieuse.

Pourquoi moi? dit-elle.

Je ne sais pas. Mais je *sens* que c'est juste ainsi.

Amusée, la Jeune Épouse secoua alors la tête et se rappela que personne ne bat mieux les cartes que les bluffeurs.

D'accord, dit-elle.

Le Père ébaucha une révérence.

D'accord, répéta la Jeune Épouse.

Bien, dit le Père.

Puis il se leva, fit le tour du bureau, se dirigea vers la porte et, avant de l'ouvrir, se tourna.

Modesto n'appréciera guère cela, observa-t-il.

Il peut rester lui aussi, je suis sûre qu'il en serait heureux.

Non, c'est hors de question. Si vous voulez rester, vous devrez être seule.

D'accord.

Avez-vous une vague idée de ce que vous ferez pendant tout ce temps?

Bien sûr. J'attendrai le Fils.

C'est évident, excusez-moi.

Il resta là sans savoir pourquoi. Il avait la main sur la poignée de la porte, mais il ne bougeait pas.

N'ayez crainte, dit la Jeune Épouse. Il reviendra.


La tradition voulait qu'ils partissent tous dans deux automobiles pétaradantes. Rien de particulièrement élégant, mais la solennité des circonstances exigeait un certain étalage de *grandeur*\*. Bien qu'il fût déjà prêt à rentrer chez lui, sa valise posée à ses pieds, au moment du départ Modesto avait pour habitude de les saluer du seuil de la maison : comme tout capitaine, il estimait qu'il était de son devoir d'abandonner le navire en dernier. Cette année-là, la Jeune Épouse était près de lui, une nouveauté que le Père avait laconiquement annoncée au cours d'un des derniers petits-déjeuners et qu'il avait acceptée, lui, sans enthousiasme. Qu'elle semblât préluder au retour du Fils l'avait aidé à supporter cette contrariété.

Un peu figés, ils étaient donc sur le seuil de la maison, la Jeune Épouse et lui, quand les deux automobiles prirent le large dans un fracas de pistons en action, parmi les mains levées en signe d'au revoir et divers cris. C'étaient deux belles automobiles de couleur crème. Elles parcoururent une douzaine de mètres et s'arrêtèrent. Puis elles mirent la marche arrière et, d'un mouvement plutôt sophistiqué, revinrent sur leurs pas. Avec une étonnante agilité, la Mère bondit d'un des véhicules et courut vers la maison. En passant devant Modesto et la Jeune Épouse, elle murmura trois mots à la hâte.

Oublié une chose.

Puis elle disparut à l'intérieur. Elle en ressortit quelques minutes plus tard et, sans même les saluer, courut vers les automobiles avant de sauter dans la sienne, visiblement soulagée.

Les véhicules purent repartir en pétaradant comme précédemment et, cette fois, les gestes de salut et les au revoir étaient encore plus enthousiastes. Ils parcoururent une dizaine de mètres et s'arrêtèrent. De nouveau on dut faire usage de la marche arrière. Lorsqu'elle descendit de voiture, la Mère trahissait une pointe de nervosité. D'un pas décidé, elle fit les quelques mètres qui la séparaient de l'entrée et disparut à l'intérieur en murmurant quatre mots.

Oublié une autre chose.

La Jeune Épouse se tourna vers Modesto et lui lança un regard interrogateur.

Modesto s'éclaircit la gorge : deux contractions du larynx, une courte et une longue. La Jeune Épouse n'était pas encore arrivée si loin dans l'apprentissage de cette écriture cunéiforme, mais elle comprit vaguement que tout était sous contrôle et se tranquillisa donc.

La Mère remonta en voiture, les moteurs redémarrèrent puis, dans cette bulle de joie tapageuse, on se salua définitivement et sans regret. Cette fois, avant de s'arrêter, les véhicules firent quelques mètres supplémentaires. Et grâce à l'expérience, leur demi-tour fut plus délié.

La Mère revint vers la maison en chantonnant, signe qu'elle gardait un parfait contrôle de soi et qu'elle avait les idées tout à fait claires, à l'évidence. Mais lorsqu'elle fut sur le seuil, juste à côté de Modesto et de la Jeune Épouse, elle eut un moment d'hésitation. Elle se figea.

On aurait dit qu'elle mesurait enfin les enjeux du problème. Elle haussa les épaules et dit trois mots.

Mais non, allez.

Puis elle pivota sur elle-même et repartit vers les automobiles, toujours en chantonnant.

Elle fait ça combien de fois ? demanda très sérieusement la Jeune Épouse.

Quatre, d'habitude, répondit Modesto, imperturbable.

Ce ne fut donc pas une surprise de voir les automobiles s'éloigner, s'arrêter au bout de quelques mètres, faire demi-tour et recracher la Mère, qui semblait à présent furieuse, tandis qu'elle remontait l'allée d'un pas martelant et scandait à mi-voix une litanie ininterrompue d'insultes dont la Jeune Épouse saisit au passage un fragment incertain.

Qu'ils aillent tous se faire foutre.

Mais peut-être était-ce *moudre*, difficile à dire.

Quand la Mère émergea de la maison après une absence plus longue que les précédentes, elle serrait dans sa main un couvert en argent qu'elle agita en l'air et ne semblait pas moins furieuse qu'auparavant. Lorsqu'elle passa près d'elle, la Jeune Épouse remarqua que la litanie avait viré au français. Elle reconnut distinctement le mot *connard**.

Mais peut-être était-ce *bobard**, difficile à dire.

Comme Modesto levait le bras pour esquisser un geste d'au revoir, la Jeune Épouse comprit que la cérémonie approchait de son terme et, avec une joie sincère et peut-être aussi un peu de regret, elle se dressa sur la pointe des pieds pour saluer en agitant une main en l'air. Elle les vit s'éloigner dans un nuage de poussière et d'émotion, et, l'espace d'un instant, elle fut prise d'un doute, celui d'avoir trop prétendu d'elle-même. Puis elle vit les deux automobiles s'arrêter.

Ah non, laissa-t-elle échapper.

Mais cette fois elles ne firent pas demi-tour et ce ne fut pas la Mère qui bondit du marchepied : on vit la Fille courir dans la poussière, de son pas certes boiteux, mais tout aussi indifférent et décidé, voire élégant, dans sa hâte un peu enfantine. Elle vint s'arrêter devant la Jeune Épouse.

Tu ne vas pas t'enfuir, hein ? lui demanda-t-elle d'une voix ferme.

Mais ses yeux brillaient et ce n'était pas à cause de la poussière.

Je ne l'envisage pas, répondit la Jeune Épouse, étonnée.

Bien. Alors disons que tu ne vas pas t'enfuir.

Puis elle s'approcha de la Jeune Épouse et la serra dans ses bras.

Elles restèrent quelques instants ainsi.

Tandis qu'elle repartait en direction des automobiles, la Fille n'avait plus la même hâte qu'auparavant. Elle avançait de son malheureux pas traînant, mais elle avait l'air tranquille et monta dans le véhicule sans se retourner.

Les voitures disparurent ensuite derrière le premier virage et, cette fois, elles étaient parties pour de bon.

Modesto attendit que la pétarade moqueuse des deux voitures se fût éteinte au loin dans la campagne puis, dans le silence normal du vide, il poussa un léger soupir et souleva sa valise.

Je vous ai laissé trois livres cachés dans la salle de bains. Trois textes d'une certaine notoriété.

Vraiment ?

Comme je vous l'ai dit, la réserve est remplie de nourriture, contentez-vous de repas froids et ne touchez pas à la cave à vin, sauf en cas d'extrême nécessité.

La Jeune Épouse s'efforça vainement d'imaginer quels pouvaient être ces cas.

Voici mon adresse en ville. Mais ne vous méprenez pas : si je vous la donne, c'est parce que le Fils pourrait avoir besoin de moi, au cas où il rentrerait effectivement.

La Jeune Épouse prit la feuille de papier pliée en deux qu'il lui tendait.

Je pense que c'est tout, conclut Modesto.

Il décida que ses vacances débutaient à cet instant précis et s'éloigna alors sans faire les premiers pas à reculons, comme l'eût exigé son numéro le plus fameux, se contentant d'une révérence à peine ébauchée.

La Jeune Épouse le laissa s'éloigner de quelques mètres, puis elle l'appela.

Modesto.

Oui.

Ça ne vous pèse pas de devoir toujours être parfait ?

Non. Au contraire : ça me dispense de chercher un autre sens à mes gestes.

C'est-à-dire ?

Je n'ai pas besoin de me demander chaque
jour pourquoi je vis.

Ah.

C'est réconfortant.

J'imagine.

Avez-vous d'autres questions ?

Oui, une.

Dites-moi.

Que faites-vous, une fois qu'ils sont partis et
que la maison est fermée ?

Je me saoule, répondit Modesto, avec un étonnant empressement et une authentique désinvolture.

Pendant deux semaines ?

Oui, chaque jour pendant deux semaines.

Où donc ?

J'ai quelqu'un qui s'occupe de moi en ville.

Puis-je aller jusqu'à vous demander de quelle
sorte de personne il s'agit ?

C'est un homme sympathique. L'homme que
j'ai aimé toute ma vie.

Ah.

Il a une famille. Mais nous sommes convenus
qu'il viendrait vivre avec moi pendant ces quinze
jours.

Très pratique.

En effet.

Vous ne serez donc pas seul en ville.

Non.

J'en suis heureuse.

Merci.

Ils se regardèrent en silence.

Personne n'est au courant, dit Modesto.

Évidemment, dit la Jeune Épouse.

Puis elle lui adressa un signe de la main, mais elle aurait voulu le prendre dans ses bras ou l'embrasser, quelque chose comme ça.

Il comprit et lui fut reconnaissant de s'être retenue.

Enfin il s'en alla d'un pas lent, un peu voûté, et bientôt il fut loin.

La Jeune Épouse entra dans la maison et referma la porte derrière elle.

Ce fut un été torride. Des rêves tremblants s'évaporaient à l'horizon, les vêtements collaient à la peau. Les animaux erraient, l'air hébété, et on avait du mal à respirer.

C'était encore pire à l'intérieur de la maison, que la Jeune Épouse gardait toujours fermée dans l'espoir qu'elle semble déserte. L'air stagnait paresseusement, plongé dans une léthargie humide. Même les mouches — généralement capables d'un inexplicable optimisme, on l'aura remarqué — manquaient de conviction. Mais la Jeune Épouse s'en fichait. D'une certaine façon, elle aimait bouger lentement, la peau luisante de sueur et les pieds qui recherchaient la fraîcheur de la pierre. Comme personne ne pouvait la voir, elle arpentait souvent les pièces dans le plus simple appareil et découvrit ainsi des sensations inconnues. Elle ne dormait pas dans son lit, mais un peu partout dans la maison. Elle songea à utiliser les endroits où d'ordinaire l'Oncle dormait, et elle les habita un par un dans son sommeil. Là, lorsqu'elle était nue, elle en retirait une agréable impression de trouble. Elle ne respectait aucun horaire, car elle avait décidé que ses journées se plieraient à l'urgence de ses désirs et à la géométrie aseptisée de ses besoins. Elle dormait donc quand elle avait sommeil, mangeait quand elle avait faim. Mais il ne faudrait pas croire que cela faisait d'elle une sauvage. Durant tous ces jours, elle prenait méticuleusement soin d'elle — au fond, elle attendait un homme. Elle se brossait régulièrement les cheveux, passait de longs moments devant le miroir et restait dans l'eau pendant des heures. Une fois par jour, elle s'habillait avec beaucoup d'élégance, elle mettait des vêtements qui appartenaient à la Mère ou à la Fille puis, splendide, elle s'installait dans le grand salon pour lire. De temps en temps, elle se sentait écrasée par la solitude ou par une angoisse incontrôlable, et elle choisissait alors un coin de la maison où elle se rappelait avoir vu ou vécu quelque chose de particulier, elle allait s'y pelotonner, entrouvrait les jambes et se caressait. Comme par magie, tout rentrait alors dans l'ordre. C'était une sensation étrange, se toucher dans le fauteuil où le Père avait demandé à pouvoir mourir auprès d'elle. Ce fut également particulier de le faire sur le sol en marbre de la chapelle. Quand elle avait faim, elle prenait quelque chose dans la réserve et allait s'asseoir à la grande table des petits-déjeuners. La tradition voulait qu'on y laissât vingt-cinq couverts impeccablement dressés, comme si une horde d'invités allait débarquer d'un moment à l'autre. La Jeune Épouse décida qu'elle mangerait chaque fois à l'une de ces places. Le repas terminé, elle débarrassait et nettoyait, et lorsque le couvert avait disparu, il restait à la table une place vide. Ses repas étaient donc une lente hémorragie au cours de laquelle la table perdait son sens et sa vocation, progressivement vidée de tout accessoire et de toute décoration, si bien que la blancheur aveuglante de la nappe se frayait peu à peu un chemin.

Un jour, alors qu'elle s'était endormie sans le vouloir, elle fut réveillée par la brutale certitude qu'attendre un homme seule dans cette maison était un geste tragiquement inutile et ridicule. Nue sur un tapis qu'elle avait déroulé devant la porte du salon, elle sommeillait. Elle avait froid, chercha quelque chose pour se couvrir et tira le drap qui recouvrait un fauteuil non loin. Elle commit l'erreur de passer sa vie au crible, afin d'y trouver ce qui pourrait freiner cette étrange et brusque impression de saut dans le vide. Tout ce qu'elle obtint, ce fut d'aggraver les choses. Tout lui parut raté ou horrible. La Famille était déréglée, son excursion au bordel grotesque et la moindre des phrases qu'elle avait prononcées, le dos raide, sonnait de façon velléitaire. Modesto mielleux, le Père fou, la Mère malade, le destin de leurs enfants désespéré et sa propre jeunesse gâchée. Avec la lucidité qu'on ne possède que dans les rêves, elle comprit qu'elle n'avait plus rien, qu'elle n'était pas assez belle pour que ça la sauve, qu'elle avait tué son père et que la Famille lui volait peu à peu son innocence.

Possible que ça doive se terminer ainsi ? se demanda-t-elle, atterrée.

Je n'ai que dix-huit ans, se dit-elle avec effroi.

Alors, pour ne pas mourir, elle alla se réfugier là où elle était sûre de trouver l'ultime rempart contre le désastre. Elle se força à penser au Fils. Mais *penser* est un terme insuffisant, car il ne permet pas de définir une opération qu'elle savait plus complexe. Il n'était pas si facile de combler trois années de silence et de séparation. La distance était devenue si palpable que, pour la Jeune Épouse, le Fils n'était plus depuis longtemps une pensée accessible, un souvenir ou un sentiment. C'était désormais *un lieu,* une enclave enfouie dans le paysage de ses perceptions qu'elle n'arrivait pas toujours à retrouver. Souvent, elle partait la rejoindre et se perdait en chemin. Tout aurait été plus simple si elle avait eu quelque désir physique auquel se raccrocher pour escalader les murs de l'oubli. Mais l'envie du Fils — de sa bouche, de ses mains, de sa peau — était une chose à laquelle il n'était pas facile de remonter. Certains moments où elle l'avait désiré d'une façon dévastatrice pouvaient lui revenir distinctement en mémoire, mais à présent, en les examinant, elle avait l'impres-

sion d'être dans une pièce où, à la place des couleurs, on aurait collé sur les murs des morceaux
de papier avec le nom des teintes : indigo, rouge
vénitien, jaune sable. Turquoise. Ce n'était pas
agréable à admettre, mais c'était ainsi. Et pour
elle, ça l'était d'autant moins maintenant que
les circonstances l'avaient conduite à découvrir d'autres plaisirs, avec d'autres personnes et
d'autres corps : ils n'avaient pas suffi à effacer
le souvenir du Fils, mais sans doute l'avaient-ils
repoussé dans une sorte de préhistoire où tout
semblait aussi mythique qu'incurablement littéraire. Par conséquent, pour la Jeune Épouse,
remonter la piste du désir physique n'était pas
toujours la meilleure solution, le système qui
aurait permis de retourner à la tanière de son
amour. De temps en temps, elle préférait repê-
cher dans sa mémoire la beauté de certaines
phrases ou de certains gestes — une beauté qui
n'appartenait qu'au Fils. Elle la retrouvait alors
intacte dans son souvenir. Et, l'espace d'un instant, le sortilège du Fils lui était rendu, elle était
renvoyée à la destination précise de son voyage.
Mais c'était avant tout un mirage. Elle finissait
par contempler des objets merveilleux exposés
dans les vitrines du lointain, impossibles à toucher et inaccessibles au cœur. Et donc, au plaisir
de l'admiration se mêlait le sentiment boulever-
sant d'une perte définitive. Le Fils s'éloignait
encore plus, désormais hors d'atteinte. Afin de
ne pas le perdre pour de bon, la Jeune Épouse
aurait dû savoir qu'en réalité aucune qualité du

Fils — aucun détail, aucune merveille — ne suffisait plus à combler le fossé de la distance, car nul homme, même aimé, ne peut contrecarrer seul la puissance dévastatrice de l'absence. La Jeune Épouse comprit que c'était seulement en pensant à eux deux, ensemble, qu'elle parvenait à plonger en elle-même jusqu'à l'endroit où siégeait, intacte, la persistance de son amour. Elle retournait alors à certains états d'âme, à certains modes de perception qu'elle se rappelait parfaitement. Elle pensait à eux deux, ensemble, et pouvait de nouveau sentir une certaine torpeur ou l'écho de certaines nuances, voire la qualité d'un silence. Une lumière particulière. Il lui était alors possible de trouver ce qu'elle cherchait, dans la sensation rassurante qu'il existait un lieu où le monde n'était pas admis, coïncidant avec le périmètre dessiné par leurs deux corps, suscité par leur union et protégé par leur anomalie. Si elle parvenait à accéder à cette sensation, tout redevenait inoffensif, car le désastre de chaque vie autour d'elle, comme le sien propre, n'était dès lors plus une faille dans son bonheur mais, à la limite, le contre-feu qui rendait encore plus nécessaire et inexpugnable l'abri auquel le Fils et elle avaient donné le jour en s'aimant. C'était la démonstration d'un théorème qui réfutait le monde et, quand elle pouvait retourner à cette conviction, toute peur l'abandonnait, une nouvelle et douce assurance s'emparait d'elle. Il n'y avait rien de plus délicieux.

Allongée sur le tapis, recroquevillée sous ce

drap poussiéreux, la Jeune Épouse fit ce voyage-là et eut la vie sauve.

Elle disposait donc encore de son amour en totalité quand, deux jours plus tard, face à la table sur laquelle il ne restait plus que neuf couverts dressés et alors même qu'elle s'apprêtait à en faire disparaître un, elle entendit au loin le bruit d'une automobile qui approchait, d'abord indiscernable puis plus net — elle l'entendit arriver devant la maison et s'arrêter, puis on coupa le moteur. Elle se leva, laissa tout en l'état et alla se préparer dans sa chambre. Elle avait depuis longtemps choisi une robe pour cette occasion. Elle l'enfila. Elle se brossa les cheveux et songea que jamais le Fils ne l'avait vue aussi belle. Elle n'avait pas peur, n'était pas nerveuse et n'avait aucun doute. Elle entendit le moteur de la voiture redémarrer et le véhicule s'éloigner. Elle descendit l'escalier puis traversa la maison d'un pas ferme, pieds nus. Quand elle fut devant la porte d'entrée, elle jeta les épaules en arrière comme la Mère le lui avait appris. Enfin elle ouvrit la porte et sortit.

Sur le parvis, elle compta un certain nombre de malles posées au sol. Elle les reconnaissait. Elle vit l'Oncle assis sur la plus grande — un gros animal en cuir foncé, un peu rayé sur le côté —, il était immobile, vêtu comme le jour du départ. Il dormait. La Jeune Épouse s'approcha.

Est-il arrivé quelque chose ?

Comme l'Oncle continuait à dormir, elle s'assit près de lui. Elle remarqua qu'il avait les yeux mi-clos et qu'il tremblait de temps en temps. Elle toucha son front. Il était brûlant.

Vous êtes souffrant, affirma la Jeune Épouse.

L'Oncle écarquilla les yeux et l'examina comme s'il essayait de comprendre quelque chose.

C'est une chance de vous avoir trouvée ici, mademoiselle.

La Jeune Épouse secoua la tête.

Vous êtes souffrant.

En effet, confirma l'Oncle. Cela vous embêterait-il de faire une ou deux choses pour moi ? demanda-t-il.

Non, répondit la Jeune Épouse.

Dans ce cas, ayez la gentillesse de remplir la baignoire d'eau très chaude. En outre, il faudrait que vous ouvriez la malle jaune, la petite, et que vous y preniez une bouteille scellée qui contient de la poudre blanche. Allez-y.

Cette longue explication avait dû l'épuiser, car il sombra de nouveau dans le sommeil.

La Jeune Épouse ne bougea pas. Elle pensa au Fils, à la vie et à elle.

Lorsqu'elle eut l'impression que l'Oncle allait se réveiller, elle se leva.

Je vais chercher un médecin, dit-elle.

Non, je vous en prie, n'en faites rien. Ce n'est pas nécessaire. Je sais ce que c'est.

Il fit une longue pause et un petit somme.

Enfin, je ne sais pas ce que c'est, mais je sais comment le soigner. Il suffira d'un bain chaud et de cette poudre blanche, faites-moi

confiance. Naturellement, tout cela m'endor-
mira un peu.

Tout cela l'endormit effectivement : il som-
meilla pendant trois jours sans interruption ou
presque. Il avait pris ses quartiers dans le couloir du premier étage, celui aux sept fenêtres,
et restait allongé sur le sol en pierre, la tête sur
sa chemise pliée en quatre. Il ne mangeait rien
et buvait peu. À intervalles réguliers, la Jeune
Épouse montait et posait près de lui un verre
dans laquelle elle avait dissous un peu de cette
poudre blanche : elle le trouvait dans une partie du couloir toujours différente, certaines fois
recroquevillé dans un angle, d'autres allongé
sous une fenêtre, bien droit, apaisé mais tremblant : elle l'imaginait rampant sur la pierre,
tel un animal auquel on aurait brisé les pattes.
De temps en temps, elle s'arrêtait pour le regarder sans rien dire. Sous son costume trempé de
sueur, elle devinait un corps qui semblait avoir
tous les âges, distribués dans ses membres sans
dessein précis : les mains d'un adolescent, les
jambes d'un vieillard. À un moment, elle passa
les doigts dans ses cheveux, ils étaient trempés.
Il ne bougea pas. Stupéfaite mais nullement perturbée, elle se prit à penser que cet homme était
peut-être en train de mourir, et rien ne lui parut
plus inapproprié que de vouloir l'en dissuader.
Elle redescendit et se remit à attendre le Fils,
avec ce qu'elle pensait être la même intensité et
la même beauté qu'auparavant. Mais cette nuit-
là, lorsqu'elle retourna auprès de l'Oncle, il serra

son poignet avec une étrange vigueur et, dans son sommeil, lui dit qu'il était tout à fait mortifié.

Pourquoi ? demanda la Jeune Épouse.

J'ai tout gâché.

La Jeune Épouse comprit que c'était vrai. D'abord la surprise et ensuite l'instinct de se rendre utile l'avaient empêchée de s'apercevoir que l'arrivée de l'Oncle avait lézardé une construction parfaite et détourné un vol qui se déroulait sans heurts. Elle revit tous les gestes magnifiques qu'elle n'avait cessé d'accomplir et sut que depuis l'arrivée de cet homme ils s'étaient succédé sans bonheur et sans foi. J'ai arrêté d'attendre, se dit-elle.

Elle redescendit sans dire un mot et se mit à arpenter les pièces, d'abord furieuse puis désolée. Elle garda longtemps les yeux fixés sur la porte, jusqu'à comprendre avec une inexorable lucidité qu'elle s'était ouverte pour laisser entrer le mauvais homme, au mauvais moment et pour les mauvaises raisons. Elle en vint à croire que, de quelque étrange façon, le Fils avait dû s'en rendre compte, tandis qu'il suivait le chemin qui le ramenait chez lui : elle le vit à l'instant même où il posait sa valise au sol, laissait repartir le train sans grimper à son bord, arrêtait une voiture et coupait le moteur. Non, lui dit-elle, s'il te plaît, non. Je t'en prie, lui dit-elle.

Au bout de six jours, quand l'Oncle descendit à son tour, parfaitement rasé et plutôt élégant dans un costume couleur tabac, il la trouva assise par terre dans un coin, le visage méconnaissable.

Il l'observa un instant, puis se dirigea vers la cuisine où il s'endormit. Il n'avait rien avalé depuis plusieurs jours et se nourrit enfin, avec une certaine modération et sans cesser de somnoler. Puis il se rendit à la cave et ne réapparut qu'au bout de deux ou trois heures : le temps qu'il lui fallut pour choisir une bouteille de champagne et une autre de vin rouge. Il retourna à la cuisine et mit le champagne dans la glacière. Sans même se reposer, il déboucha la bouteille de vin et la fit décanter sur la table. Épuisé par tant d'efforts, il se traîna jusqu'à la salle à manger et se laissa tomber dans un fauteuil, juste en face de la Jeune Épouse. Là, il dormit une dizaine de minutes, puis il rouvrit les yeux.

Ils rentrent demain, annonça-t-il.

La Jeune Épouse acquiesça d'un hochement de tête. Mais son geste signifiait peut-être qu'elle s'en fichait complètement.

Je me demandais si vous étiez prise ce soir, reprit l'Oncle.

La Jeune Épouse ne répondit pas. Elle ne bougea pas.

Je prends cela pour un non, poursuivit l'Oncle. Dans ce cas, permettez-moi de vous inviter à dîner, si la chose n'est pas source de déplaisir ni moins encore de contrariété.

Et il s'endormit.

La Jeune Épouse le regardait fixement. Elle se demanda si elle le haïssait. Oui, bien sûr qu'elle le haïssait, mais pas plus qu'elle ne les haïssait tous. Elle n'avait pas le sentiment qu'il lui fût resté quelque part la moindre douceur, folie ou beauté depuis qu'ils s'étaient mis d'accord pour saccager son âme. Pouvait-elle faire autre chose que de les haïr ? Quand on n'a aucun avenir, la haine vient d'instinct.

Où voulez-vous m'emmener ? demanda-t-elle.

Elle dut patienter une dizaine de minutes pour avoir la réponse.

Oh, nulle part. Je pensais dîner ici, je m'occuperai de tout. Je vous promets que ce sera de bonne tenue.

Vous cuisinez ?

Parfois.

En dormant ?

L'Oncle ouvrit les yeux. Il examina longuement la Jeune Épouse. C'est une chose qu'il ne faisait jamais : examiner longuement quelqu'un.

Oui, en dormant, finit-il par répondre.

Il se leva et alla faire une courte sieste, appuyé contre le vaisselier, puis il se dirigea vers la porte d'entrée.

Je crois que je vais aller me promener, signala-t-il.

Avant de sortir, il se tourna vers la Jeune Épouse.

Je vous attends vers neuf heures. Cela vous embêterait-il de porter pour l'occasion une robe magnifique ?

La Jeune Épouse ne répondit pas.

Je peux encore voir la table dressée. C'était celle des petits-déjeuners, mais elle avait à présent une élégance dépouillée, les deux couverts

installés l'un en face de l'autre et le blanc omni-
présent de la nappe tout autour. La lumière était
parfaite, la disposition soignée, les verres impeccablement alignés. Dans les assiettes, une composition d'aliments qui semblaient avoir été choisis
pour leurs couleurs les attendait. Cinq bougies,
rien d'autre.

La robe que j'avais mise était irrésistible,
c'était celle dans laquelle j'avais vécu et transpiré
les jours précédents : longue jusqu'aux pieds,
peu décolletée, très légère et sale. Dessous, je
ne portais rien. Je ne me souciai pas de ce que
l'on pouvait voir : la sensation que j'avais, moi,
me suffisait. Une sensation très simple : j'allais
dîner nue. Je ne m'étais pas lavée, j'avais les
mains comme elles étaient ces derniers jours,
les pieds poussiéreux, la crasse, l'odeur. J'avais
pleuré mille fois et je ne m'étais pas rincé le
visage. Mais les cheveux, j'en fis une chose qui
aurait plu à la Mère. Toute la journée, je les bros-
sai avec des brosses parfumées : devant le miroir,
je les rassemblai sur le sommet de ma tête et j'essayai mille constructions afin de trouver la plus
séduisante et de faire passer le temps. J'en choisis une haute, un peu arrogante mais innocente
sur le devant, assez complexe pour instiller le
doute qu'il pût y avoir un truc. En une fraction
de seconde, d'un habile mouvement du cou je
pouvais dénouer mes cheveux.

J'ignorais les raisons de tout cela. J'avais agi
d'instinct, sans réfléchir. Rien ne pouvait m'être
plus étranger, à ce moment-là, que l'ambition

de poursuivre un but ou la volonté d'obtenir un résultat. Le temps avait été remplacé par une chaleur infinie, tout savoir s'était effacé derrière une indolence vague et, sous mon cœur, une douleur sourde et inoffensive occupait l'espace de mes désirs. Jamais je n'ai existé aussi peu que sur ce bateau, qui fend délicatement l'humidité bouillante du soir et nous transporte, mes onze objets et moi, vers le blanc d'une île qui ne sait rien de moi — et dont je ne sais rien ou presque. Le temps d'une pensée, nous serons tous les deux invisibles de la terre ferme — disparus aux yeux du monde. Mais à neuf heures, j'étais là, enveloppée dans cette beauté dépareillée, un curieux tribut à l'exactitude dont, en toute sincérité, le sens m'échappe aujourd'hui. J'entendis l'Oncle s'activer à la cuisine, puis je le vis arriver. Il ne s'était pas changé lui non plus, il avait seulement retiré sa veste. Il sortit avec la bouteille de champagne glacée à la main.

La nourriture est dans les assiettes, signala-t-il.

Il s'assit à table et s'endormit. Il m'avait à peine regardée. Je commençai à manger — je choisissais les couleurs une par une, tandis qu'il buvait dans son sommeil. Je ne me servais pas des couverts et m'essuyais les doigts dans ma robe, je ne sais pas pourquoi. De temps en temps, sans ouvrir les yeux, l'Oncle me versait du champagne. Je n'ai pas le souvenir de m'être posé la moindre question sur l'absurde précision de ce geste ni sur son improbable régularité, je buvais et c'est tout. Du reste, dans cette maison perturbée et dans le secret de nos folles liturgies, harcelés comme nous l'étions par des maladies poétiques, nous étions des personnages orphelins de toute logique. Je continuais à manger et lui à dormir. Je n'étais pas mal à l'aise et j'aimais ça — j'aimais ça justement parce que c'était absurde. Je commençais à croire que ce serait l'un des meilleurs dîners de ma vie. Je ne m'ennuyais pas, j'étais moi-même, je buvais du champagne. À un certain moment, je me mis à parler, mais lentement et seulement d'idioties. L'Oncle, lui, me souriait parfois dans son sommeil ou, de la main, il faisait un geste en l'air. Il m'écoutait, d'une certaine façon, et j'étais heureuse de lui parler. Tout était très léger, insaisissable, je n'aurais su définir ce que j'étais en train de vivre. C'était un sortilège. Je le sentis se resserrer sur nous et, lorsqu'il n'y eut plus rien d'autre au monde que ma voix, je compris qu'en réalité il ne se passait rien de ce qui se passait, qu'il ne se passerait jamais rien. Pour une raison sans doute liée à l'absurde intensité de nos défaites, rien de ce que nous pouvions faire tous les deux, ce soir-là, ne figurerait dans le grand livre de la vie. Aucun calcul ne tiendrait compte de nous, le résultat ne différerait pas de la somme de nos gestes, aucune dette ne serait soldée, aucun crédit accordé. Nous étions cachés dans un pli du vivant, invisibles aux yeux du sort et exonérés de toute conséquence. Ainsi, alors que je mangeais, les doigts dans les couleurs douces de cette nourriture préparée avec un soin maniaque, je sus avec une certitude absolue que ce vide adorable, sans direction ni but, exilé de tout passé et incapable de tout avenir, devait *littéralement* être le sortilège dans lequel cet homme vivait chaque minute depuis des années. Je compris que c'était le monde dans lequel il était allé se fourrer — inaccessible, sans nom, parallèle au nôtre et immuable — et je sus que j'y avais été admise ce soir-là en vertu de ma folie. Il avait dû falloir beaucoup de courage à cet homme pour se décider à imaginer une telle invitation. Ou beaucoup de solitude, pensai-je. À présent, il dormait en face de moi et, pour la première fois, je savais réellement ce qu'il faisait. Il traduisait l'intolérable distance qu'il avait choisie en métaphore bien élevée, lisible par n'importe qui, ironique et inoffensive. Car c'était un homme doux.

Je m'essuyai les doigts dans ma robe. Je le regardai. Il dormait.

Depuis quand ne dormez-vous pas ? demandai-je.

Il ouvrit les yeux.

Depuis des années, mademoiselle.

Peut-être fut-il ému, ou peut-être ne fut-ce que mon imagination.

Ce sont surtout les rêves qui me manquent, ajouta-t-il.

Et il resta là, éveillé, à me fixer les yeux grands ouverts. Il n'y avait pas beaucoup de lumière, ce n'était donc pas facile d'en déterminer la couleur. Gris, peut-être. Avec quelque chose de doré. Je ne les avais encore jamais vus.

C'est très bon, dis-je.

Merci.

Vous devriez faire plus souvent la cuisine.

Vous trouvez?

N'y avait-il pas aussi une bouteille de vin rouge?

Vous avez raison, désolé.

Il se leva et disparut dans la cuisine.

Je me levai moi aussi. Je pris mon verre et j'allai m'asseoir par terre dans un coin de la pièce.

Lorsqu'il fut de retour, il vint me verser du vin, puis il resta là, debout, sans trop savoir quoi faire.

Mettez-vous ici.

C'était un immense fauteuil, un de ceux dans lesquels je l'avais vu dormir mille fois, tandis que les petits-déjeuners se déroulaient somptueusement. Et, à bien y réfléchir, c'était aussi le fauteuil dans lequel il avait salué mon arrivée, d'une phrase que je n'avais pas oubliée : *Nul doute que là-bas, vous avez beaucoup dansé. Je m'en félicite.*

Aimez-vous danser? lui demandai-je.

J'aimais beaucoup, oui.

Qu'aimiez-vous d'autre?

Tout. Trop de choses, peut-être.

Qu'est-ce qui vous manque le plus?

En plus des rêves?

En plus des rêves, oui.

Les rêves éveillés, ceux qu'on fait le jour.

Vous en aviez beaucoup?

Oui.

Les avez-vous réalisés?

Oui.

Comment est-ce ?

Inutile.

Je ne vous crois pas.

De fait, vous ne devez pas me croire. À votre âge, il est trop tôt pour que vous me croyiez.

Quel âge ?

Un jeune âge.

Cela fait-il une différence ?

Oui.

Expliquez-moi.

Vous le découvrirez un jour.

Je veux le savoir maintenant.

Cela ne vous serait d'aucune utilité.

Encore cette histoire ?

Quelle histoire ?

Prétendre que tout est inutile.

Ce n'est pas ce que j'ai dit.

Vous avez dit qu'il était inutile de réaliser ses rêves.

C'est vrai.

Pourquoi ?

Pour moi, ç'a été inutile.

Racontez-moi.

Non.

Faites-le.

Mademoiselle, je dois vraiment vous demander de…

Et il ferma les yeux, puis il abandonna la tête en arrière sur le dossier. Il semblait attiré par une force invisible.

Ah non, dis-je.

Je posai mon verre, me levai et m'assis sur lui jambes écartées, j'avais mon sexe contre le sien, mais ce n'était pas ce que je voulais. Je commençai à me balancer. J'avais le dos droit, je me balançais lentement sur lui et posai les mains sur ses épaules. Je le regardais.

Il ouvrit les yeux.

Je dois vous demander de…, répéta-t-il.

Vous me devez quelque chose, l'interrompis-je. Racontez-moi votre histoire, ça fera l'affaire.

Je ne pense pas vous devoir quoi que ce soit.

Oh, si.

Vraiment?

Ce n'était pas vous qui deviez revenir, c'était le Fils.

Je suis désolé.

N'espérez pas vous en tirer comme ça.

Non?

Vous avez tout gâché. En échange, je veux au moins connaître votre véritable histoire.

Il regarda le point exact où je me balançais.

C'est une histoire comme tant d'autres, fit-il observer.

Peu importe, je veux l'entendre.

Je ne saurais pas par où commencer.

Commencez par la fin. Le moment où vous avez cessé de vivre et où vous vous êtes mis à dormir.

J'étais à une table d'un Café.

Y avait-il quelqu'un avec vous?

Non, il n'y avait plus personne.

Vous étiez seul.

Oui. Je me suis endormi sans même pencher la tête. Dans mon sommeil, j'ai fini mon pastis et ç'a été la première fois. Quand je me suis réveillé et que j'ai vu le verre vide, j'ai compris que désormais, il en irait toujours ainsi.

Et les gens tout autour ?

Que voulez-vous dire ?

Eh bien, les serveurs : personne n'est venu vous réveiller ?

C'était un Café un peu suranné, les serveurs étaient très vieux. À cet âge, on comprend beaucoup de choses.

Ils vous ont laissé dormir.

Oui.

Quelle heure était-il ?

Je ne sais pas. C'était l'après-midi.

Comment aviez-vous échoué dans ce Café ?

Je vous l'ai dit, c'est une longue histoire, que je ne suis pas sûr de vouloir vous raconter. Par ailleurs, vous êtes en train de vous balancer sur moi sans que j'en comprenne la raison.

C'est pour ne pas vous laisser retourner à votre monde.

Ah.

L'histoire.

Si je vous la raconte, irez-vous vous asseoir par terre ?

Certainement pas, non. J'aime trop ça. Vous n'aimez pas, vous ?

Plaît-il ?

Je vous ai demandé si vous aimiez ça.

Quoi donc ?

Ça : mes jambes ouvertes, mon sexe qui se frotte contre le vôtre.

Il ferma les yeux, sa tête glissa un peu en arrière et je serrai ses épaules entre mes doigts. Puis il rouvrit les yeux et me regarda.

Il y avait une femme, que j'ai tant aimée.

Il y avait une femme, que j'ai tant aimée. Elle avait une belle manière de faire chaque chose. Il n'y a personne d'autre au monde comme elle.

Un jour, elle est apparue avec un livre à la main, un petit volume d'occasion à la couverture bleu ciel très élégante. Le plus beau, c'est qu'elle avait traversé toute la ville pour me l'apporter : elle l'avait vu dans la vitrine d'une vieille librairie et avait tout abandonné pour me l'apporter immédiatement, tant elle le trouvait irrésistible et précieux. Le livre portait un titre superbe : *Comment abandonner un navire.* C'était un court manuel. Sur la couverture, les caractères étaient nets, parfaits, et à l'intérieur, les illustrations avaient été mises en page avec un soin extrême. Vous comprenez qu'un tel ouvrage puisse valoir plus qu'une grande partie de la littérature ?

Peut-être.

Vous ne trouvez pas le titre irrésistible ?

Peut-être.

C'est égal. Ce qui compte, c'est qu'elle est apparue avec ce petit livre. Pendant longtemps, je l'ai gardé sur moi, tant il me plaisait. Il était petit et tenait dans une poche. J'allais faire cours, je le posais sur le bureau, puis je le remettais dans ma poche. J'ai dû en lire une ou deux pages au maximum, car c'était une chose plutôt ennuyeuse, mais là n'est pas la question. C'était beau de l'avoir entre les mains et de le feuilleter. C'était beau de penser que même si la vie pouvait être vraiment dégoûtante, j'avais ce petit livre en poche et, près de moi, la femme qui me l'avait offert. Vous le comprenez, ça ?

Oui, je ne suis pas débile.

Ah, j'oubliais le plus beau. Sur la page de garde, il y avait une dédicace assez bouleversante. C'était un livre d'occasion, je l'ai dit, et sur la page de garde on pouvait lire ceci : *à Terry, après son premier mois à l'hôpital Saint-Thomas. Papa et Maman.* On peut laisser son imagination divaguer pendant des jours sur une dédicace comme celle-ci. C'est ce genre de beauté que je trouvais déchirante. Et que cette femme tant aimée était capable de voir. Pourquoi suis-je en train de vous raconter tout cela ? Ah, oui, le Café. Êtes-vous sûre de vouloir entendre la suite ?

Absolument.

Les mois ont passé et, dans l'intervalle, j'ai perdu la femme que j'aimais tant, pour des raisons qui ne nous intéressent pas ici. D'ailleurs, je ne suis pas certain de les avoir comprises. Quoi qu'il en soit, j'avais toujours le…

Eh, une seconde. Qui a dit qu'elles ne nous intéressaient pas ?

Moi.

Parlez pour vous.

Non, je parle pour nous deux. Si ça ne vous convient pas, descendez de là et faites-vous raconter l'histoire par le Fils quand il arrivera.

D'accord, d'accord, pas la peine de…

C'était donc une période étrange pour moi, j'avais un peu l'impression d'être veuf, je marchais comme les veufs, vous savez ? Vaguement groggy, avec des yeux d'oiseau perdu qui ne comprend pas ce qui lui arrive. Vous voyez ce que je veux dire ?

Oui, je crois que oui.

Mais j'avais toujours mon petit livre en poche. C'était stupide, j'aurais dû jeter tout ce que la femme tant aimée avait laissé derrière elle, mais comment faire ? On dirait un naufrage : un tas d'objets flottent à la surface, de toutes sortes, dans ces cas-là. On ne peut pas faire de véritable grand ménage et, quand on n'arrive plus à nager, il faut bien se raccrocher à quelque chose. J'avais donc ce petit livre dans la poche, ce jour-là au Café, alors que tout était terminé depuis des mois. Mais il était là, dans ma poche. J'avais rendez-vous avec une femme, ce n'était guère important, et cette femme n'avait rien de particulier. Je la connaissais à peine, j'aimais juste sa façon de s'habiller, et elle avait aussi un beau rire, voilà tout. Elle ne disait jamais grand-chose et, ce jour-là, elle en a dit si peu que tout m'a paru terriblement déprimant. Alors j'ai sorti le petit livre et je me suis mis à lui en parler, je lui ai dit que je venais de l'acheter. Elle a trouvé toute cette histoire très étrange, mais d'une certaine

façon elle était intriguée. Elle s'est un peu déten-
due, elle m'a posé des questions sur moi, nous
avons bavardé et j'ai dit une chose qui l'a fait
rire. Tout est devenu plus simple et aussi plus
agréable. Elle m'a paru plus belle, de temps en
temps nous nous penchions l'un vers l'autre,
nous ne faisions pas attention aux gens autour
de nous. Nous étions tous les deux, c'était magnifique. Puis elle a dû partir et il nous a semblé
naturel de nous embrasser. Enfin je l'ai vue disparaître derrière un coin de rue, de sa démarche
si séduisante, et j'ai baissé les yeux. Sur la table,
il y avait nos deux verres de pastis à moitié pleins
et le petit livre bleu. J'ai posé une main sur le
livre et j'ai été frappé par son imposante neutralité. Une telle somme d'amour, de temps et
de dévotion avait été placée en lui, de l'époque
de Terry jusqu'à la mienne, une telle somme de
vie, une vie de la meilleure espèce, qui plus est.
Pourtant il ne valait rien, il n'avait pas opposé
la moindre résistance à ma petite infamie, il
ne s'était pas rebellé et s'était contenté d'être
là, prêt à toutes les aventures, complètement
dépourvu de toute signification durable, léger
et vide comme un objet né à l'instant même, au
lieu d'avoir grandi dans le cœur de bien d'autres
vies. J'ai alors mesuré notre défaite dans toute sa
portée tragique et je me suis senti écrasé par une
fatigue indicible, définitive. Peut-être me suis-je
rendu compte que quelque chose s'était brisé en
moi pour toujours. Je sentais que je glissais à une
certaine distance des choses et que jamais je ne

pourrais remonter la pente. Je me suis laissé aller et ç'a été merveilleux. Je sentais toute angoisse se dissoudre et disparaître. Je me suis retrouvé dans une lumineuse sérénité à peine veinée de tristesse et j'ai reconnu la terre que j'avais toujours cherchée. Autour de moi, les gens ont vu que je m'endormais. C'est tout.

Vous n'allez pas me faire croire que si vous dormez depuis des années, c'est à cause d'une ânerie de ce genre…

C'était seulement la dernière d'une impressionnante série d'âneries de ce genre.

Du type ?

La trahison des choses. Vous voyez de quoi je parle ?

Non.

C'est très instructif : voir à quel point les objets n'ont absolument rien du sens dont nous les investissons. Il suffit d'une circonstance annexe, d'une légère correction de la trajectoire et, un instant après, ils appartiennent à une tout autre histoire. Croyez-vous que ce fauteuil sera différent après avoir écouté mon récit, ou parce qu'il a accueilli votre corps et le mien ? Peut-être que dans quelques mois quelqu'un *mourra* dans ce fauteuil et qu'indépendamment de ce que nous aurons fait d'inoubliable ce soir il accueillera la mort, c'est tout. Il le fera alors du mieux qu'il pourra, comme s'il avait été fabriqué dans ce but. Et il ne réagira pas quand, peut-être une heure après, pas plus, quelqu'un se laissera tomber sur lui et rira d'une plaisanterie grossière, ou racontera une anecdote dans laquelle le défunt passera pour un parfait imbécile. Vous la voyez, l'infinie neutralité ?

Est-ce si important ?

Bien sûr. À travers le comportement des objets, on peut comprendre un phénomène qui vaut pour tout le monde ou presque. Croyez-moi, c'est la même chose pour les lieux et les personnes, et aussi pour les sentiments et les idées.

C'est-à-dire ?

Nous possédons cette force incroyable qui nous permet de donner un sens aux choses, aux lieux, à tout : et pourtant, nous n'arrivons pas à fixer quoi que ce soit, tout redevient aussitôt neutre, les objets d'emprunt, les idées de passage, les sentiments fragiles comme du cristal. Même les corps, le désir des corps : c'est imprévisible. Nous pouvons viser n'importe quel morceau de monde avec toute l'intensité dont nous sommes capables et, une heure après, ce sera comme s'il venait de naître. On peut comprendre une chose, la connaître à fond, et déjà elle regarde ailleurs, elle ne sait plus rien de nous, elle a sa propre vie mystérieuse qui ne tient aucun compte de ce que nous avons fait d'elle. Ceux qui nous aiment nous trahissent et nous trahissons ceux que nous aimons. Nous sommes incapables de figer quoi que ce soit, je peux vous l'assurer. Quand j'étais jeune, j'ai essayé de comprendre quelle sourde douleur me collait à la peau et j'ai eu la certitude que le problème venait de mon impuissance à trouver ma voie. Mais vous savez, en réalité on progresse beaucoup, avec courage, intuition et passion, et chacun suit son chemin sans faire d'erreur. Simplement, nous ne laissons pas de traces, j'ignore pourquoi, mais nos pas ne laissent pas de traces. Peut-être sommes-nous des animaux malins, rapides et méchants qui ne laissent pas d'empreintes sur le sol. Je ne sais pas. En nous non plus, nous ne gardons pas de traces, croyez-moi. Ainsi, il n'est rien qui survive à nos intentions, et ce que nous construisons n'est jamais construit.

Vous le pensez vraiment ?

Oui.

Peut-être cela ne vaut-il que pour vous.

Je ne crois pas.

Cela vaut-il aussi pour moi ?

Je suppose que oui.

De quelle façon ?

De bien des façons.

Citez-m'en une.

Ceux qui nous aiment nous trahissent et nous trahissons ceux que nous aimons.

Quel rapport avec moi ?

C'est ce qui vous arrive.

Je ne trahis personne, moi.

Ah bon ? Et ça, comment l'appelez-vous, ça ?

Quoi, ça ?

Vous le savez très bien.

Ça n'a aucun rapport.

Précisément. Ça n'a aucun rapport avec votre grand amour, ça n'a aucun rapport avec le Fils, ça n'a aucun rapport avec l'idée que vous vous faites de vous-même. Il n'y a aucune trace de tout cela dans les gestes que vous êtes en train de faire, vous ne trouvez pas ça curieux ? Aucune trace.

Je suis restée ici à l'attendre, ça ne signifie rien ?

Je ne sais pas. À vous de me le dire.

Je n'ai jamais cessé de l'aimer, je suis ici pour lui et il est toujours avec moi.

Vous en êtes persuadée ?

Bien sûr. Nous n'avons jamais cessé d'être ensemble.

Cependant, je ne le vois pas ici avec nous.

Il arrive.

C'est ce que tout le monde croit.

Et donc ?

Peut-être que la vérité vous intéresserait.

La vérité, c'est que le Fils arrive.

Je crains que non, mademoiselle.

Vous en savez quoi, vous ?

Je sais qu'il a été vu pour la dernière fois il y a un an. Il montait à bord d'un cutter, un petit bateau à voile. Depuis, personne ne sait rien de lui.

Mais qu'est-ce que vous racontez ?

Naturellement, ce n'était pas une information que l'on pouvait communiquer au Père d'une façon si crue et si soudaine. On a donc préféré remettre ce moment à plus tard et gérer la situation de manière, disons, contrôlée. En outre, il n'était pas exclu que le Fils pût réapparaître un jour ou l'autre, surgi de nulle part... Vous ne vous balancez plus, mademoiselle.

233

Vous, si.

Moi, si. C'est exact.

Pourquoi me racontez-vous ces mensonges ? Vous voulez me blesser ?

Je ne sais pas.

Ce sont des mensonges ?

Non.

Dites-moi la vérité.

C'est la vérité : le Fils a disparu.

Quand ?

Il y a un an.

Et vous, qui vous l'a dit ?

Comandini. C'est lui qui le surveillait.

Lui.

Il y a quelques jours encore, il était le seul à savoir. Peu avant notre départ, il est venu me le raconter. Il avait besoin d'un conseil.

Et tous ces trucs ?

Les moutons et le reste ?

Oui.

Eh bien, l'affaire s'est compliquée encore un peu plus quand vous êtes arrivée. On ne pouvait guère faire traîner les choses davantage. Comandini a alors pensé qu'un déménagement très long et même interminable permettrait de gagner du temps.

C'est Comandini qui envoyait tout ça ?

Oui.

Je n'arrive pas à y croire.

C'était une forme de prévenance à l'égard du Père.

Quelle folie…

Je suis désolé, mademoiselle.

Je vous détesterai tous, de toute mon âme et à jamais, jusqu'au jour où le Fils reviendra.

L'Oncle ferma les yeux et je sentis ses épaules changer de poids sous mes mains.

Je serrai les doigts.

Ne faites pas ça. Ne partez pas.

Il rouvrit les yeux, le regard vide.

Maintenant laissez-moi m'en aller, mademoiselle. Je vous en prie.

Il n'en est pas question.

Je vous en prie.

Je ne resterai pas seule ici.

Je vous en prie.

Il referma les yeux tandis qu'il retournait à son sortilège.

Vous m'avez entendue ? Je ne resterai pas seule ici.

Il faut vraiment que je parte.

Déjà il me parlait dans son sommeil.

Alors je le pris à la gorge et serrai. Stupéfait, il rouvrit les yeux. Je plongeai mon regard dans le sien, et cette fois, mon regard était ferme, voire méchant.

Où diable comptez-vous aller ?

L'Oncle regarda autour de lui, avant tout pour fuir mes yeux. Ou pour chercher une réponse parmi les choses.

Je ne resterai pas seule ici. Vous venez avec moi.

Je vis ses paupières se baisser alors qu'il prenait une grande respiration. Mais je savais que je ne le laisserais pas filer. Je sentais encore son sexe sous le mien, j'avais recommencé à danser, et je retirai ma robe par le haut, d'un geste qui ne risquait pas de l'effrayer. Il rouvrit les yeux et me regarda. Je lâchai ensuite ses épaules et déboutonnai sa chemise, car la Mère m'avait appris que c'était mon droit. Je ne me penchai pas pour l'embrasser et ne le caressai pas, jamais. D'un seul mouvement du cou, en une seconde, je détachai mes cheveux. Je descendis jusqu'au dernier bouton de sa chemise et ne m'arrêtai plus. Je continuais à fixer l'Oncle dans les yeux, je ne le laisserais pas retourner à son sortilège. Il regardait mes mains, lui, puis mes yeux et de nouveau mes mains. Il ne semblait pas avoir peur, il n'avait ni doutes ni curiosités. Je pris son sexe et le serrai quelques secondes dans ma paume, telle une chose lointaine que je serais venue récupérer. Puis j'avançai un peu, jambes écartées, et me revint alors en mémoire la belle expression de ma grand-mère : l'agilité du ventre. Je m'apprêtais à en comprendre le sens.

Ne le faites pas avec haine, dit l'Oncle.

Je m'abaissai sur lui et l'accueillis en moi.

Je ne le fais pas par amour, répondis-je — et je garde pour moi tout ce que je me rappelle d'autre de cette nuit étrange passée dans une faille du monde, introuvable dans le grand livre des vivants, arrachée pour quelques heures au naufrage et rendue au jour, quand les premières lueurs de l'aube filtrèrent à travers les persiennes et que je serrai cet homme dans mes bras, que je l'endormis cette fois pour de bon et le ramenai à ses rêves.

À notre réveil, il était tard. Nous nous regardâmes et comprîmes que nous ne pouvions pas nous laisser surprendre dans cet état. L'instinct de recommencer, toujours. Nous nous préparâmes en toute hâte, je me changeai et il monta dans sa chambre. Il bougeait d'une façon que je ne lui connaissais pas, ses gestes s'enchaînaient avec assurance, ses yeux étaient vifs et son pas élégant. Je songeai qu'il serait facile pour la Fille de l'aimer.

Nous n'échangeâmes pas un mot. À un certain moment, je demandai seulement :

Et maintenant, qu'allez-vous faire ?

Et vous ? répondit-il.

Dans le soleil de midi, quelqu'un frappa à la porte, des coups respectueux mais fermes.

Modesto.

C'est plus ou moins à ce stade que j'ai oublié mon ordinateur sur le siège d'un minivan. Un minivan qui traversait l'île du nord au sud, slalomant avec un entêtement millimétré sur des routes à peine plus larges que lui. Quand je m'en suis aperçu, il était déjà loin. Surtout, c'était un bel ordinateur. Et il y avait mon livre à l'intérieur.

Certes, je n'aurais guère eu de mal à le récupérer, mais la vérité, c'est que j'ai laissé tomber. Pour en comprendre la raison, il faut tenir compte de la lumière, de la mer tout autour, des chiens qui traînaient au soleil, de la façon dont vivent les gens d'ici. Le sud du monde suggère d'étranges priorités. On y affronte les problèmes d'une façon à part — les résoudre n'est pas le premier objectif qui vient à l'esprit. J'ai donc marché un peu, je me suis assis sur un muret du port, enfin je me suis mis à regarder les bateaux qui entraient et sortaient. Chaque geste, ils le font lentement, ça me plaît. Quand on les regarde de loin, je veux dire. C'est une danse, qui semble renfermer une forme de sagesse ou de solennité. Parfois, il y a aussi du désenchantement, voire une nuance de résignation — légère. C'est ce qui fait le charme des ports.

J'étais donc là, tout allait bien.

Puis, le soir, je me suis de nouveau penché sur cette histoire d'ordinateur, mais sans angoisse ni crainte particulière. Cela peut paraître curieux alors que, depuis des mois, travailler sur cette machine et sur mon livre était la seule activité que j'arrivais à mener avec suffisamment de passion et un soin immuable. Sous l'effet de la peur, j'aurais dû me chier dessus : voilà ce que j'aurais dû faire. Au contraire, je me suis simplement dit que j'allais continuer à écrire et que je le ferais dans ma tête. Ça m'a semblé un épilogue naturel et même inévitable. Soudain, mes doigts sur un clavier m'apparaissaient inutilement raides, appendices artificiels d'un geste qui pouvait être bien plus léger et insaisissable. Au fond, mon livre, cela faisait longtemps que je l'écrivais en marchant ou allongé par terre, ou encore durant les nuits d'insomnie : ensuite, à l'ordinateur, je resserrais les vis, je passais un coup de cire puis l'emballais méticuleusement — tout un répertoire des gestes artisanaux dont aujourd'hui, pour être franc, je ne me rappelle plus vraiment l'objectif. Il devait bien y en avoir un, mais je l'ai oublié. Peut-être n'était-ce pas si important.

Il faut aussi garder en tête le fait que, si on est né pour faire ça, l'écriture coïncide avec le souvenir : ce qu'on écrit, on s'en souvient. Par conséquent, il aurait été inexact d'affirmer que j'avais perdu mon livre, car la vérité, c'est que je pouvais le réciter par cœur, sinon en totalité du moins les parties qui comptaient vraiment. Au pire, je risquais d'avoir oublié le détail de certaines phrases. Mais il faut ajouter qu'en allant les chercher là où elles avaient glissé pour les remonter à la surface, je finissais par les réécrire dans ma tête sous une forme peut-être pas identique, mais quoi qu'il en soit très proche de l'original, avec pour effet de produire une sorte de double, de reflet ou de déformation dans laquelle ce que j'avais voulu écrire s'épanouissait. Car en définitive, la seule phrase qui pourrait traduire précisément l'intention spécifique de celui qui écrit n'est jamais une phrase, mais le résultat stratifié de toutes les phrases qu'il a d'abord conçues, puis écrites et enfin conservées en mémoire : on devrait les poser l'une sur l'autre, ces phrases transparentes, et les considérer dans leur ensemble, tel un accord musical. C'est ce que font la mémoire et sa nébulosité visionnaire. Et donc, en toute objectivité, non seulement je n'avais pas perdu mon livre, mais d'une certaine façon je l'avais retrouvé dans sa plénitude, à présent qu'il s'était dématérialisé et qu'il avait pris ses quartiers d'hiver dans mon esprit. Il était niché dans un coin de mon corps que je n'aurais su nommer et, moyennant un effort quasiment imperceptible, je pouvais le ramener à la surface à n'importe quel moment : il réapparaissait alors, paré d'une splendeur évanescente face à laquelle l'ordre net de la page imprimée avait la rigidité d'une pierre tombale.

En tout cas, c'est ce que je pensais ce soir-là sur l'île, assis dans une trattoria du port. J'ai un vrai don pour voir des aspects positifs dans toute situation défavorable. Même si je me retrouvais coincé dans un ascenseur le soir de Noël, je pourrais voir le bon côté de la chose. C'est un truc que m'a appris mon père (il est encore en vie et, la nuit, il continue à arpenter les neuf trous de son parcours de golf privé). Avoir quelque chose à raconter durant le déjeuner de la Saint-Étienne, par exemple.

Je pensais à tout cela en même temps que je relisais certaines parties du livre et que j'en réécrivais quelques-unes, toujours dans ma tête. Pendant que je trempais mon pain dans la sauce des boulettes.

À un certain moment, un gros type joyeux, assis lui aussi seul à une table voisine, m'a demandé si tout allait bien. Je me suis dit que j'avais dû faire quelque chose d'étrange — c'était possible : quand je lis ou que j'écris un livre dans ma tête, je ne contrôle plus très bien les autres parties de mon corps. Celles où le livre n'est pas allé se glisser, je veux dire. Que sais-je : les chevilles.

Je suis sorti de mon livre et je lui ai répondu que tout allait très bien.

J'écrivais, j'ai dit.

Il a fait oui de la tête, comme si c'était une chose qu'il avait faite lui aussi, des années plus tôt, quand il était jeune.

À présent, il avait la soixantaine.

Placide et content de lui, il a tenu à me signaler qu'il était là, au bord de la mer, parce qu'un médecin complaisant lui avait prescrit une semaine de *balnéothérapie*. Ils ne peuvent rien dire, a-t-il ajouté, je suppose qu'il parlait de ses employeurs. Il m'a expliqué qu'avec le mot *balnéothérapie*, on était sûr de son coup. Ils peuvent bien m'envoyer un contrôle, il a dit. Puis il est passé à la politique et m'a demandé si l'Italie allait s'en sortir.

Manifestement non, j'ai répondu, si tout le monde fait comme vous et moi.

Il a trouvé ça très drôle et paru croire que c'était le début d'une amitié ou de quelque chose comme ça. Il a décidé que nous étions faits l'un pour l'autre, puis il est parti. Il devait rentrer chez lui un peu plus tôt que prévu, car le lendemain ses voisins l'avaient invité à manger des aubergines : le lien entre ces deux faits lui semblait si évident qu'il se passait d'explications.

Je suis donc resté là, j'étais le dernier. C'est

une autre chose que j'aime bien : faire la fermeture des restaurants, le soir. M'apercevoir au dernier moment qu'on a commencé à éteindre les lumières, à retourner les chaises sur les tables. Surtout, j'aime voir les serveurs rentrer chez eux, habillés comme tout le monde, sans veste blanche ni tablier, soudain redescendus sur terre. Ils marchent un peu en biais, on dirait des animaux de la forêt qui auraient glissé d'un sortilège.

Quoi qu'il en soit, ce soir-là je n'en ai pas vu. Le fait est que j'écrivais et, à vrai dire, je ne me rappelle même pas avoir réglé l'addition. J'écrivais dans ma tête : le départ de la Jeune Épouse. Il fallait bien que cela arrive tôt ou tard, et le jour où cela arriva, tous surent trouver les gestes appropriés, ceux que la bonne éducation préconisait ou que des décennies de retenue avaient forgés. Toute question était interdite. On évita la banalité des recommandations. On refusa de céder au sentimentalisme. Lorsqu'ils la virent disparaître derrière le tournant, aucun d'eux n'aurait été en mesure de dire où elle allait : le retard biblique du Fils et la suspension du temps qu'il avait imprimée à leurs jours les avaient rendus inaptes à s'interroger sur la fragile relation qui existe en général entre un départ et une arrivée, entre une intention et un comportement. Par conséquent, ils la regardèrent partir, au fond, comme ils l'avaient vue arriver : en pleine ignorance et remplis de savoir.

Ses dix-huit ans, la Jeune Épouse alla les déposer dans le lieu qui lui parut le plus indiqué et le moins illogique. Le résultat d'une telle opération mentale pourra étonner, mais il faut se rappeler que pas un instant, alors qu'elle demeurait dans le monde abstrait de la Famille, cette jeune fille n'avait cessé d'apprendre. Elle savait donc qu'il n'y a pas mille destins mais une seule histoire, et que l'unique geste exact est la répétition. Elle se demanda où pouvait bien l'attendre le Fils, certaine que, de son côté, elle l'attendrait toujours. Elle n'eut aucun doute sur la réponse : elle se présenta au bordel, en ville, et demanda à pouvoir y habiter.

Ce n'est pas précisément un métier qu'on peut apprendre du jour au lendemain, lui fit remarquer la Femme portugaise.

Je ne suis pas pressée, dit la Jeune Épouse. J'attends quelqu'un.

Cela faisait deux ans qu'elle gagnait sa vie de cette façon lorsqu'un jour quelqu'un la fit appeler au cœur de la nuit. Elle était dans sa chambre avec un voyageur russe — un homme dans la quarantaine, très nerveux et remarquablement bien élevé. À l'instant même où la Jeune Épouse l'avait touché pour la première fois, elle avait compris qu'il était homosexuel et qu'il ne le savait pas.

En fait, ils le savent très bien, avait tenu à préciser la Femme portugaise quelque temps auparavant. Mais ils ne peuvent pas se permettre de voir les choses en face.

Et donc, qu'attendent-ils de nous? avait demandé la Jeune Épouse.

Que nous les aidions à se mentir.

Puis elle avait énuméré sept ruses qui leur permettaient de jouir puis de sortir de là en paix avec eux-mêmes.

Comme la Jeune Épouse avait pu le constater par la suite à maintes reprises, ces sept ruses étaient infaillibles, et elle glissait donc avec élégance vers la première quand on vint l'appeler. Puisqu'une règle imprescriptible du bordel voulait qu'on ne dérangeât sous aucun prétexte les jeunes filles au travail, elle comprit qu'il était arrivé quelque chose. Mais elle ne songea pas au Fils. Non qu'elle eût cessé d'attendre ni de croire à son retour, au contraire : si elle avait encore eu des doutes, elle les avait balayés le jour où Comandini avait fait son apparition dans ces lieux sans se faire annoncer. Il avait demandé à la voir et s'était présenté devant elle son chapeau à la main. Ils ne s'étaient pas vus depuis plus d'un an.

J'aimerais juste vous parler un instant, avait-il expliqué.

La Jeune Épouse le détestait.

Le prix reste le même, lui avait-elle dit. Si vous voulez seulement parler, c'est votre problème.

Comandini avait donc déboursé une somme non négligeable pour s'asseoir en face de la Jeune Épouse dans une chambre à la décoration vaguement ottomane et lui dire la vérité. Ou du moins ce qu'il en savait. Il lui raconta toute l'histoire depuis le moment où l'on avait cessé de recevoir des nouvelles du Fils. Il évoqua la question des objets expédiés, les deux moutons et ceux qui suivirent. Il précisa qu'en effet le dernier geste connu du Fils avait consisté à acheter un petit cutter à Newport. Il ajouta qu'on ne savait rien d'une éventuelle mort ni d'un quelconque accident qui aurait pu lui arriver. Il s'était évanoui dans la nature, voilà tout.

La Jeune Épouse avait hoché la tête en signe d'approbation. Puis elle avait résumé toute l'histoire à sa façon.

Bien. Dans ce cas, il est vivant et il reviendra.

Puis elle lui avait demandé si elle devait se déshabiller.

À ce stade, il nous faut hélas signaler que Comandini hésita longuement avant de répondre. Non merci, finit-il par dire. Puis il se leva et se dirigea vers la porte.

Il allait sortir quand, d'une question, la Jeune Épouse le figea sur place.

Pourquoi diable avez-vous expédié *Don Quichotte*?

Plaît-il?

Parmi tous les livres qui existent, pourquoi diable avez-vous expédié précisément *Don Quichotte*?

Comandini dut aller rechercher dans ses souvenirs un fait qu'il n'avait manifestement pas jugé utile de garder à portée de la main. Il lui expliqua qu'il ne connaissait pas grand-chose aux livres et qu'il avait simplement choisi un titre lu sur un volume abandonné quelque part, dans la chambre de la Mère.

Dans la chambre de la Mère ? demanda la Jeune Épouse.

C'est exact, répondit Comandini avec une certaine dureté. Puis il s'en alla sans la saluer.

Et donc, tandis qu'elle suivait le couloir et nouait un léger châle sur sa poitrine, la Jeune Épouse aurait pu penser au Fils — elle aurait eu raison et même envie de le faire. Toutefois, depuis qu'un oncle ravagé par la fièvre s'était présenté en lieu et place de l'homme qui donnait un sens à sa jeunesse, elle avait cessé d'attendre de la vie des gestes prévisibles. Dès lors, elle se contenta de suivre le mouvement — l'esprit vide de toute pensée et le cœur absent — dans la pièce où quelqu'un l'attendait.

En entrant, elle reconnut Modesto et le Père.

Ils étaient tous deux élégants, habillés avec soin. Le Père était allongé sur le lit, le visage bouleversé.

Modesto émit deux brèves quintes de toux. La Jeune Épouse ne les avait jamais entendues auparavant, mais elle comprit très bien leur sens. Elle y lut un subtil mélange de consternation, de surprise, d'embarras et de nostalgie.

Oui, dit-elle en souriant.

Modesto esquissa une courbette reconnaissante et s'éloigna du lit en faisant les premiers pas à reculons. Puis il pivota sur lui-même, comme si un coup de vent et non un choix inopportun lui avait dicté ce mouvement. Enfin il sortit de la pièce et de ce livre sans dire un mot.

La Jeune Épouse s'approcha du Père. Ils se regardèrent. L'homme était d'une pâleur effrayante et sa poitrine tressaillait de façon désordonnée. Il respirait comme s'il mordait l'air et il ne contrôlait plus ses yeux. Il semblait avoir vieilli de mille ans. Il rassembla toutes les forces dont il disposait encore et, d'une voix immensément lasse mais pourtant ferme, prononça une seule phrase :

Je ne mourrai pas la nuit, je le ferai à la lumière du jour.

D'instinct, la Jeune Épouse comprit ce qui se passait et leva les yeux vers la fenêtre. Les persiennes baissées ne laissaient filtrer que l'obscurité. Elle se tourna pour lire l'heure sur la pendule qui, dans cette chambre comme dans toutes les autres, scandait luxueusement le temps de travail. Elle ignorait quand viendrait l'aube, mais elle sut qu'elle avait quelques heures à vaincre et un destin à dissoudre. Elle se persuada qu'elle y parviendrait.

Très vite, elle passa en revue les différents gestes qu'elle pouvait accomplir. Elle en choisit un qui avait le défaut d'être risqué et l'avantage d'être inéluctable. Elle quitta la chambre, remonta le couloir, entra dans la petite pièce où les filles laissaient leurs affaires, ouvrit le tiroir qui lui était réservé, prit un petit objet — un cadeau extrêmement cher à son cœur — et retourna auprès du Père en le tenant dans sa main. Elle ferma à clé la porte de la chambre, s'approcha du lit et retira sa cape. Son esprit retourna à une image bien précise, celle de la Mère des années plus tôt, le Père du Père serré entre ses jambes, tandis qu'elle lui caressait les cheveux et lui parlait à mi-voix comme s'il était encore vivant. Elle savait que le seul geste exact est la répétition et grimpa donc sur le lit, elle s'approcha du Père et saisit délicatement son corps, puis elle l'étendit sur sa poitrine et sur ses jambes. Elle avait la certitude qu'il comprenait ce qu'elle était en train de faire.

Elle attendit que la respiration du Père devienne un peu plus régulière et prit alors l'objet qui lui était si cher. C'était un petit livre. Elle le montra au Père et lut son titre à mi-voix.

*Comment abandonner un navire.*

Le Père sourit : il n'avait pas la force de rire, mais si on a le sens de l'humour, on le conserve en toutes circonstances.

La Jeune Épouse ouvrit le petit livre à la page de garde et se mit à lire à voix haute. Elle l'avait très souvent feuilleté et savait donc qu'il était comme le Père : méticuleux, rationnel, lent, iné-branlable, apparemment aseptisé et secrètement poétique. Elle s'efforça de lire du mieux qu'elle pouvait et, lorsqu'elle sentait que le corps du Père pesait plus lourd ou avait moins de volonté, elle accélérait le rythme pour repousser la mort. Elle était à la page quarante-sept, à peu près au milieu du chapitre consacré aux règles de bien-séance en vigueur à bord d'un canot de sauve-tage, lorsqu'une lumière légèrement veinée d'orange se mit à filtrer à travers les lames des persiennes. La Jeune Épouse la vit flotter sur les pages couleur crème, sur chaque lettre et sur sa propre voix. Elle ne cessa pas de lire, mais s'aperçut qu'en elle toute fatigue avait disparu. Elle poursuivit en énumérant les motifs étonnamment nombreux pour lesquels les femmes et les enfants doivent s'installer à la proue, et c'est seulement lorsqu'elle passa en revue les avantages et les inconvénients de la bouée en caoutchouc qu'elle vit le visage du Père se tourner vers la fenêtre, les yeux grands ouverts, stupéfait dans cette lumière. Elle lut alors quelques mots plus lentement, puis d'autres dans un filet de voix — enfin ce fut le silence. Le Père continuait à scruter la lumière. À un moment, il battit des paupières en ravalant des larmes qu'il n'avait pas prévues. Il saisit une main de la Jeune Épouse et la serra. Il dit quelque chose. Elle ne comprit pas et se pencha sur le Père afin de mieux l'entendre. Il répéta :

Dites à mon fils que la nuit est finie.

Il mourut alors que le soleil venait tout juste de se détacher sur l'horizon, et il le fit sans un râle, sans un mouvement, après une respiration semblable à tant d'autres, la dernière.

La Jeune Épouse chercha son pouls, dans le corps qu'elle serrait entre ses bras, mais ne le trouva pas. Elle passa la paume de sa main sur le visage du Père et lui ferma les yeux, un geste qui est toujours le privilège des vivants. Puis elle rouvrit le petit livre à la couverture bleu ciel et se remit à lire. Elle était sûre que c'était ce qu'au-rait voulu le Père et, en lisant certains passages, elle sentit qu'aucune oraison funèbre n'aurait pu être plus adaptée. Elle lut jusqu'à la fin et, par-venue à la dernière phrase, elle la lut très lente-ment, comme pour être sûre de ne pas la briser.

Quatre ans plus tard — comme je l'ai écrit ultérieurement dans ma tête, tandis que mon regard était fixé sur une mer que je n'abandon-nerai jamais plus —, un homme au charme inso-lite, vêtu simplement mais avec élégance, et d'un calme hors norme, fit son apparition au bordel. Il traversa le salon sans regarder autour de lui et, d'un pas assuré, se dirigea vers la Jeune Épouse, qui était assise sur une *dormeuse**, une flûte de champagne à la main, et écoutait d'un air amusé les confessions d'un ministre à la retraite.

En le voyant, elle plissa d'un rien les yeux. Puis elle se leva.

Elle examina le visage de l'homme, ses traits nets, ses longs cheveux tirés en arrière, la barbe qui encadrait ses lèvres à peine entrouvertes.

Toi, dit-elle.

Le Fils lui prit le verre des mains et, sans un mot, le tendit au ministre à la retraite. Puis il entraîna la Jeune Épouse par la main.

Dans la rue, ils s'arrêtèrent un instant et res-pirèrent l'air vif du soir. Ils avaient toute la vie devant eux.

Le Fils enleva sa veste, qui était en laine rêche et d'une couleur enchanteresse, et la passa autour des épaules de la Jeune Épouse. Enfin, sans le moindre accent de reproche et sur le ton d'une curiosité quasi infantile, il demanda :

Pourquoi dans un bordel ?

La Jeune Épouse connaissait très précisément la réponse, mais elle la garda pour elle.

Ici, dit-elle, c'est moi qui pose les questions.

# DU MÊME AUTEUR

*Aux Éditions Gallimard*

NOVECENTO : PIANISTE. Un monologue / *NOVECENTO. Un monologo*, 2006 (Folio Bilingue nº 141)

CETTE HISTOIRE-LÀ, 2007 (Folio nº 4922)

EMMAÜS, 2012 (Folio nº 5739)

MR. GWYN, 2014 (Folio nº 5960)

LES BARBARES. Essai sur la mutation, 2014

TROIS FOIS DÈS L'AUBE, 2015 (Folio nº 6114)

UNE CERTAINE VISION DU MONDE. Cinquante livres que j'ai lus et aimés, 2015

LA JEUNE ÉPOUSE, 2016 (Folio nº 6328)

SMITH & WESSON, 2018

*Dans la collection Écoutez lire*

SOIE (2 CD)

NOVECENTO : PIANISTE (2 CD)

*Aux Éditions Albin Michel*

CHÂTEAUX DE LA COLÈRE, 1995 (Folio nº 3848)

SOIE, 1997 (Folio nº 3570 et Folio Bilingue nº 191)

OCÉAN MER, 1998 (Folio nº 3710)

L'ÂME DE HEGEL ET LES VACHES DU WISCONSIN, 1999 (Folio nº 4013)

CITY, 2000 (Folio nº 3571)

NEXT. Petit livre sur la globalisation et le monde à venir, 2002

SANS SANG, 2003 (Folio nº 4111)

HOMÈRE, ILIADE, 2006 (Folio nº 4595)

*Aux Éditions Calmann-Lévy*

CONSTELLATIONS, 1999 (Folio n° 3660)

*Aux Éditions Mille et une nuits*

NOVECENTO : PIANISTE, 2000 (Folio n° 3634)

Composition Dominique Guillaumin
Impression Novoprint
à Barcelone, le 9 août 2019
Dépôt légal : août 2019
1er dépôt légal dans la collection : avril 2017
ISBN 978-2-07-271348-4./Imprimé en Espagne.